未来から来た花嫁の姫城さんが、
また愛の告白をしてと
おねだりしてきます。
2
Himegi-san, a Bride
from the Future, Begs Me to Confes
My Love to Her Again.
ニャンコの穴
illust◆ミュシャ

「春音、近田さん。
バカ二人は放置して、三人で遊びましょう」
ボクと姫のプールデート

「お兄さん〜〜っ！」
「見とれちゃった？」

ここでぬいぐるみをゲットすれば、
姫城さんに……

ひめぎ・はるね
姫城春音
「ウェーイです!」

「そっかそっか……。
お姉ちゃん、トウカのこと
嫌いになったりしないよ」

「……ごめんなさい。
姉さん、ごめんなさい」

姫城夏美

もくじ

Himegi-san, a Bride from the Future, Begs Me to Confess My Love to Her Again.

未来から来た
花嫁の姫城さんが、
また愛の告白をしてと
おねだりしてきます。2

ニャンコの穴

MF文庫J

口絵・本文イラスト●ミユシャ

姫城（ひめぎ）トウカ　レミニセンス1

夏美（なつみ）姉さんが病死した。

五月最後の真夜中、眠るように、この世から去った。

私たち家族は涙を流した。行き場のない怒りと理不尽を誤魔化（ごまか）す為（ため）に悲しんだ。

姉さんは私たちにウソをついた。

次の誕生日までは大丈夫だと宣言したのに、二十一歳になる前に亡くなった。

私たちは姉さんにウソをついた。

姉にはみんなで協力して、頑張ると約束したのに、私たちはその約束を反故（ほご）にした。

最初は夏美姉さんとの約束を守る為に、みんなで力を合わせて、頑張っていた。

頑張っていたけど、いつの間にか、収拾がつかない状態になっていった。

やはり、彼女を失った影響は計り知れない。

私たち家族は笑顔をなくした。

私たち家族はバラバラとなり、家族ではなくなった。

バラバラになって、気がついた。

私たち家族は太陽を失ったことに……。

彼女を失った世界は私たちにとって、呪いそのものだった。

姉を失った私は自暴自棄になるしかなかった。
屋敷ではメイドたちに当たり散らし、部屋ではいつも、ものに怒りをぶつけていた。
私は怒りの抑え方を忘れてしまった。
怒りたくないと思っているのに、自制が利かなくなっていた。
そして、私は学園でも、屋敷でも、必要最低限の会話しかしなくなった。
遊ぶことをやめた。目を合わせなくなった。
向き合うことをやめた。笑うことが苦痛になっていき、次第に笑うことを放棄した。
すると、周りは私から距離を置いてきた。
そんな私に呆れて、友人が一人、また一人と……私の下から去っていく。
幼馴染みはそんな私を見かねて、忠告し、改善するように注意してきた。
私は拒絶した。幼馴染みの言葉に耳を貸さなかった。
そして、私たちは仲違いをした。それから、あのバカとは口も聞いていない。
元々人付き合いが得意ではなかったから、孤独になることに抵抗感はなかった。
とにかくだるかった。学校へ行くことも億劫になっていた。
この期に及んで、まだ自分が甘えているのだという自覚はあった。
立ち上がって、困難に向き合う必要があるのに、そんな気力は生まれてこなかった。
今の私たちを見たら、夏美姉さんもさぞかし失望するのだろう。

それでも、前に進むことが出来なかった。

前に進むことに意味を見出せなかった。

「——姫城さん、こんにちは……」

……まただ。……また、私の前にコイツが現れた。

「この前の席、座っていい？」

私はコイツが苦手だ。

私はコイツが嫌いだ。

この笑顔を見ていると妙に癇にさわる自分がいる。

この笑顔を見ていると姉を思い出して、イライラしている自分がいる。

コイツはそんな私の心境など、気に留める素振りなどみせず、前の席の椅子に腰を掛け、私の顔をじっと見つめてくる。

「姫城さん、また痩せたよね？　ご飯はちゃんと食べてる？」

「…………」

「ありゃ？　また無視された」

「……あっちに行きなさいよ……」

「相変わらず、冷たいなぁ！」

「ちっ！」

「し、舌打ちまでされたっ！」

「何の用よ？」

「毎度おなじみ、笑顔の押し売りに来た！　笑顔王子です！」

「………………」

「……もしかして、すべった？　ダダすべりした？？？」

「………………」

「こほん！　姫城さん今日はヒマ？　ヒマなら、ウチの部に見学へ来ない？」

「昨日も一昨日も言ったでしょう。いくら誘われても、あなたの部活に顔を出すことはない」

「ちぇ！　なら、また明日、勧誘に来るよ」

「明日、来ても同じよ……」

「だとしても、誘うよ」

男は残念そうな顔をし、自分の席に戻る。

本当にしつこい奴だと思った。

やっぱり、私はアイツが苦手だ。

明日も明後日も、アイツは懲りずに誘ってくるだろう。

それでも、私の意志は変わらない。
私なんかが、誰かと関わっても、ろくな事にならない。
私みたいな奴は誰とも関わらない方がいいんだ。
だから、これでいいんだ。
これが正解だ。
これがベストなんだ。
……………これでいいんだ。

第一章　ボクと姫のお姉ちゃんとバニースーツ

午前の授業が終わった。

いつもなら、教室から教師が退席したと同時に生徒たちの楽しげな雑談が飛び交うはずなのだが、ここ数日、ボクの所属する二年三組の教室内では不思議な空気が漂っていた。

険悪な状態でもなければ、ギスギスした状況でもない。

ただ、明らかに進級した時にはなかった空気が、この教室を支配していた。

それも仕方がないことなのかもしれない。

ただいま、この学園ではとある話題で持ちきりになっているからだ。

その話題とは……。


——残念王子が、学園一の美少女の姫城冬花（ひめぎとうか）と恋人同士になった。


この情報は瞬く間に学園内に広がった。

今や、王寺白馬（おうじはくま）が姫城冬花とお付き合いしていることは生徒たちだけではなく、学園関係者の大人たちにまで認知されることとなっていた。

ある男子生徒はその事実に嘆き、ある女子生徒はその事実に困惑していた。

まあ、ボクでも真面目な姫城さんが、この学園の誰かとお付き合いをしている噂を耳にしたら、仰天する自信がある。ましてや、その相手が王寺白馬ならなおさらだ。

それぐらい、この話題は生徒たちにとっては予想外な出来事だった。

そんな渦中の人となったボクなのだが、意外なことにいつも通り、マイペースに自身のライフスタイルを貫いていた。

これでもプロの手品師を目指しているんだ。人に好奇な目で見られることはそれなりになれていたりする。

とはいえ、何も変化していないと言えばウソになる。

もちろん、姫城さんへ恋心を抱いていた連中からは嫉妬の眼差しを向けられることもあれば、ちょっとした、嫌がらせもあった。

うだつの上がらないこのボクが、学園一の美少女とお付き合いしている事実は男子生徒からすれば面白くない話だろう。

まあ、これも幸せ税だと諦めて、少しの間は静観しておいてやろうと思う。

しかし、姫城さんはどうして、ボクとお付き合いする気になったのだろうか？

こんなボクのどこに惚れたのだろうか？

うーん、思案しても、いい答えは出てこないな。

未来の嫁であるトウカさんに、この件を報告しても『ふーん、そうなんだ』と、まったく興味がないような態度で流された。

あの態度からして、これは予定調和なのだろうか。まあ、いいや。今は愛（いと）しの姫城（ひめぎ）さんとのロマンスを楽しもう。その姫城さんなのだが、珍しく家にお弁当を忘れたらしく、授業が終わると同時に、メイドさんが届けてくれたお弁当を受け取りに昇降口に向かった。

ボクは姫城さんが戻って来るまで、自分の席で大人しく待機している。

ちなみにボクの席は窓際の一番後ろの席でその前の席が香奈子（かなこ）だったりする。

そんな幼馴染（おさななじ）みの香奈子は、カバンからピンクのお弁当箱を取り出し、昼食の準備をしていた。ちょうどいい、姫城さんが戻ってくるまで、コイツで暇つぶしするか……。

そう思ったボクは香奈子に話しかけることにした。

「香奈子。昨日、家の前で犬のウンコを踏んでしまった」

「はあ？　あんた、あたしのこの手にあるものがわからない？？？　あたし、これからお弁当を食べるんだけど⁉」

ボクの報告に香奈子は激怒した。まあ、その反応は当然のことだ。誰だって、昼食を取る前に聞きたい話題ではない。

「それも、買ったばかりのスニーカーだ。普段のボクなら、飼い主を見つけ出し、ウンコのついた靴を、そいつの顔面に塗りたくるぐらいしないと気がすまないだろう」

「お、おう……。人の話を聞かず、勝手に語りはじめた……」

きっと、ボクに嫉妬した誰かの犯行に違いない。

「香奈子、ボクが君になにを伝えたいのか、わかるか？」

「？？？　あたしへの嫌がらせでしょう？」

「──違うぅぅうううううっっっ！」

ボクは勢いよく立ち上がり、大きな声で香奈子に不正解を言い渡す。

「ちょ、ちょっと、急に大きい声を出さないでよ！」

「香奈子、ボクが君に伝えたいのは愛だぁ！」

「……ウンコの話から、愛を語り出す奴、あたし初めて見たわっ！」

「先ほど授業で、ティーチャー中山に、お説教されたな」

「それがなによ？」

「もちろん、鼻ちょうちんを出しながら、ぐーすか居眠りをしていた、香奈子が全面的に悪い」

「ま、まあ、悔しいけど、そうね」

「それでも、多感な年頃のボクたちにとって、クラスメイトの前での公開説教は、少しだけ恨みたくなっただろ？」

「まあ、確かに、恥をかいたことは、面白くなかったけど……」

先ほどの件を思い出したのだろうか、不機嫌な顔をする香奈子。

そんなイライラしている幼馴染みに、ボクはありがたい言葉を授けることにした。

「愛で許せぇ」

「えっと、つまりどういうこと？？？」

「ボクも犬のウンコを踏んだ時は、すごくイラッとした。イラッとしたが、その時ふっと悟った。こんな些細なことで怒るなんて、ばかばかしいと」

「……な、なるほど」

「今のボクは姫城冬花さんとお付き合いをしている。それすなわち、世界一、幸せ者だと言っても過言ではないということだ」

「つまり、姫城さんへの愛で、憎しみも、怒りも克服したってこと？」

「今のボクはまさしく、負の感情を持たない、愛の伝道師だ」

なにせ、今日は朝から両親たちに『ボクを生んでくれて、ありがとう』と素直に言えるぐらい、今のボクは愛で満たされている。

「おぉお！　背後には壁しかないのに、白馬から後光が差している！　なにそれ、手品？」

「愛のパワーで、後光が出ているんだ。そんなことよりも、ほら、香奈子、愛しのたかきゅんを見てみろ。大事な彼を見たら、イライラなど吹き飛ぶだろう？　愛の前では、先ほどの件などつまらんことだとは思わないか？」

ボクは、寂しそうにこちらをじっと見つめているたかきゅんを指さす。

香奈子はそんなたかきゅんを見つめ、

「……確かに。愛しのたかきゅんの顔を見たら、イライラも吹き飛んだわ」

「だろだろ。愛の前では怒りなど無力だろ？　自分が幸せだと、人に愛を分け与えたくなるだろう？」

「白馬、あんた、たまにはいいこと言うじゃない」

「まあな」

「ねえ、本当にあんたが負の感情を克服したのか、試してもいい？」

「今のボクは憎しみを超越した男だ。ちょっとやそっとの試練では、ボクの感情は揺らぐことはないだろう」

「なるほど。白馬、カミングアウトするけど、その犬のウンコの犯人は――あたしよ」

「――へぇ!?」

「だから、昨日、あんたが踏んだウンコは、うちのつぶあんのウンコよ」

ちなみに『つぶあん』というのは香奈子が飼っている犬の名前だ。と、そんなことはどうでもいい。今コイツ、信じられないことを言ったよな？

「香奈子さん、香奈子さん。ペットが粗相をしたら、飼い主が、きちんと処分しないといけないって、知っているよね？」

「つぶあんはペットじゃなくて家族よ」

「――んなことはどうでもいい。え？　お前、飼い犬がウンコしたら、そのまま放置するタイプなの？」

それが事実なら、コイツにペットを育てる資格はないだろう。

「バカにしないでくれる。いつもはちゃんとウンコしたら、袋に入れて持ち帰っているわよ。ただ、昨日はその袋とスコップを忘れて……」

「忘れて？？」

「困っていたら、あんたのお母さんが現れて、ウンコ処分してくれるって言うから、ご厚意に甘えちゃった。――てへぇ！」

香奈子は下をペロッと出し、自らの頭をコツンと軽く叩いた。

相変わらず、ぶん殴りたい顔をしているな。

「きっと、おばさん、片付けるのを忘れていたのね。それを運悪く、白馬が踏んだ。あんた、ホント運がないわね」

「あのスニーカー、一万円したんだぞ」

「怒りは克服したんでしょう？」

「ぐぬぬぬ」

　まさか、コイツに論破される日がくるとは……。

　ふっ！　まあ、いいや。今のボクは世界で一番の幸せ者なんだ。

　このバカが、ウンコを処分しなかったことぐらい、愛のパワーで許してやろう。

「バカな話は終わり？　そろそろお弁当食べたいんだけど？」

「香奈子。君には言ってなかったけど、今なら素直に言えそうだ。……たかきゅんと恋人同士になれて、おめでとう」

「あ、ありがとう」

「いえいえ」

「じゃあ、あたし行くわね」

　そう言って、香奈子はたかきゅんの下へ向かおうとしたので、ボクはがしっと香奈子の手首を掴んだ。

「――いてってててぇぇっ！　ちょ、ちょっと！　何するのよ⁉」

「香奈子、おめでとう」

「あ・り・が・と・う！　その手を離してくれる？」

「香奈子、おめでとう。君とたかきゅんは世界で二番目にお似合いのカップルだと、ボクは思う」

「……あ、あんたもおめでとう。……まあ、姫城さんとお似合いなんじゃない？？？」

「ありがとう。幼馴染みから、祝福の言葉が聞けてボクはうれしいよ」

香奈子から、祝福の言葉が聞けたので、ボクはにっこりスマイルで、幼馴染みを解放することにした。

そんな香奈子はブツブツと文句を言いながら、彼氏である春川敬の下へ向かった。

ちなみにあの二人には、毎日、強制で祝福の言葉を言わせている。

だって、この学園の中でボクたちを認めてくれるのは、あの二人だけなんだもん。

ボクと姫城さんが恋人同士になったんだ。こんな素晴らしい事柄もないだろう。

出来ることなら、幼馴染みだけではなく、みんなに祝福して欲しい。

そう思ったボクは右隣でお弁当を食べている眼鏡の男子生徒に話しかけた。

「やあ、中島君。今日も元気かい？」

彼の名前は中島君。この学園で野球部に所属している高校球児だ。

そんな彼は露骨に嫌な顔をしていた。

どうやら、彼はボクのことが好きではないみたいだ。

「……なんだよ」

「野球は楽しいかい？」

「…………まあ、練習はきついけど……楽しいよ」

「そっかぁ……。甲子園で磯野と対戦出来ることを祈っているよ」

「おい、俺の名前が中島だからって、そのイジりはやめろ」

「えぇぇ〰〰っ！　磯野に勝利して、妹のワカメちゃんにプロポーズするんだろう？」

「──するかぁ！」

とのことだ。どうやら、この中島はボクがよく知る中島ではないようだ。

「というか、顔色が悪いね？　風邪？　お弁当もほとんど箸をつけてないし……」

「隣でウンコを連呼されたからな」

「……ごめんなさい」

「ウソだよ。寝不足で食欲がわかないだけだ」

「寝不足？」

「ああ、今日、この学園で練習試合をすることになっているんだが、その相手が、甲子園常連校の連中でな、かっこ悪い話だが、萎縮している自分がいる」

「なるほど。試合のことを考えて、眠れなかったんだね……」

「まあ、そういうことだ。こんな状態でマウンドに上がることになるとは──」

「──あっ！　姫城さん〰〰っ！」

「──って、聞けやぁ！」

ボクは激怒する中島君を無視して、教室へ戻ってきた、愛しのハニーに手を振る。

そんな彼女はボクと目線が合い、こちらに駆け寄ってきた。

「ごめんなさい。お待たせしたわね」

このキラキラした黒髪美人は——姫城冬花。

そう彼女は学園で一、二を争うほどのスタイルの持ち主で、なんとボクの彼女だったりする。そんな姫城さんの手にはお弁当箱が二つ。あのお弁当のどちらかが、ボクのお弁当なんだな。

実は昨日の放課後、彼女から『明日は王寺君にお弁当を作ってきてあげるわ』と耳を疑いたくなる申し出があった。当然のことだが、ボクはその提案に二つ返事で承諾した。

彼女からの愛が詰まった手作り弁当を食べる。

これこそボクが期待していた恋人らしいイベントだ。

もしかしたら、姫城さんから『あーん』とかされたりして。

「えっと、どこで頂こうかしら？」

「ここでいいんじゃないかな？」

ボクは香奈子の机と椅子を動かし、ボクの机と密着させる。

「どうぞ、どうぞ」

「じゃあ、遠慮なく」

そう言って、姫城さんは香奈子の椅子に腰をかける。

ボクも自分の椅子に座り、彼姫さんのお弁当を今か今かと待ちわびる。

ちなみに教室内にいる生徒たちから、視線を浴びていた。

どうやら、未だにボクたちは注目の的であるらしい。

「そんなに慌てなくても、お弁当は逃げないわよ」

「へへへ……。楽しみ過ぎて、昨日は七時間しか寝れなかった」

補足説明すると、いつものボクは八時間しか寝ない。

「………そうなんだ。……口に合えばいいのだけど」

あれ？　なんか間があった気がするんだけど？

まあ、いいか。ボクは姫城さんから、黒色のお弁当箱を受け取る。

「開けてもいい？」

「どうぞ」

姫城さんから、了承を得たので、ボクはお弁当箱の蓋をオープンした。

「うわぁ〰〰っ！　めちゃくちゃ、おい……し……そう？？？」

……お弁当の中身は……とある一品を除いて、どれも食欲そそる品だった。

海苔を巻いたおにぎり二個に、真っ赤なウィンナー、鳥のから揚げ、ミニトマトにブロッコリー。

ここまでは品は至って普通。とてもおいしいそうだ。

問題はこのターコイズ色の食べ物だ。……いや、そもそもこれって食べ物なのか？？？

「あ、あのー？　姫城さん、この初音ミクの髪の色……みたいな食べ物は何ですか？」

ボクは恐る恐る、一際異彩を放つ謎の物体を指さし、製作者に何の食べ物なのかと質問を投げかけた。

「うん？　ああ、それは玉子焼きね」

「…………玉子焼き……ですか……」

どうやら、この禍々しい物体は……玉子焼きという名前らしい。これが、玉子焼きだというなら、今朝、食べたあの黄色くて、おいしい食べ物は何て名前だったんだろうか？

「……マカロンとかじゃなくて？」

「これがマカロンに見えるなんて、王寺君は面白いことを言うわね」

とのことだ。まあ、なんだ……き、きっと抹茶入りなんだ。もしくは緑の着色料が入っているのだろう。うん、うん。そういうことにしておこう。

「……姫城さん、いただいても？」

「どうぞ」

許可が下りたので、ボクは手を合わせ「いただきます」と言い、箸を手にした。

正直に言おう。現時点で、ボクは姫城さんの料理スキルを疑っている。

だって、ターコイズ色の玉子焼きだぜ？

どうすればこんな色の玉子焼きを生成出来るんだ？

とはいえ、ボクは今目の前にいる彼女の六年後の姿である、姫城トウカさんの料理を毎日食べている。

そう、トウカさんが、作る料理はどれもハイレベルで、ボクたち王寺家の舌をいつも唸らせている。

目の前にいる彼女はそのトウカさんと同一人物なんだ。

六年という月日はあれど、そこまで技量に差が出るとは考えられない。

――故に、このお弁当だって、おいしいに決まっている。

ボクは自身にそう暗示をかけ、比較的、まともそうな赤色のウィンナーを箸で掴んだ。

そして、覚悟を決めて、ウィンナーを口に放り込む。

――ガリガリ、ガリリリリリィ…………………ゴクン。

「どう、おいしい？」

「…………………う、うん。す、すごく……おいしい。……とってもデリシャス……だよ」

ボクはウソをついた。両親にはウソをつくような人間になるなと口酸っぱく言い聞かされてきたが……今回だけはその教えに背き大ウソをついた。

そうすることが、ボク以外のみんなが幸せになることだと結論づけたからだ。

素直に言おう。このお弁当、不味い云々のレベルではない。どれぐらい、このお弁当が危険なのかと説明するなら、中学生の時、香奈子が悪ノリで買ってきた、世界で一番臭いと言われているシュールストレミングを食べた時でも、ここまでひどくはなかった。

それぐらいこのお弁当の中身はやばい食べ物だ。

いや、この赤い悪魔をそもそも食べ物として定義してもよいのだろうか？

どこの世界にガリガリする食感のウィンナーがあるんだよぉ!?

え？　人生で、初体験なんだけど？　こんな食感の悪い物体は？

ちなみに腹立たしいことにこの物体の味は可もなく不可もない味だった。

そう、味のクオリティにはなんら問題ないが、ウィンナー特有の味などではなく、何故だか、バナナの味がした。

「そう、王寺君の口に合ってよかったわ」

「…………」

今回だけはポーカーフェイスでいる自分を心から褒めてやりたい。

ど、どうしよう、これ以上、このお弁当を口に入れたくない。

この物体を食べるぐらいなら、牛乳まみれのぞうきんを口に入れる方がよっぽどマシだ。

「じゃあ、私も頂こうかしら」

姫城さんはそう言って、もう一つのお弁当箱の蓋を開ける。

「……姫城さん、それ……」

ボクは震える手で、彼女のお弁当箱を指さす。

「うん？　ああ、こっちはいつものメイドさんが作ったお弁当よ」

ずるっ！　ずるいよぉ！　ボクもそっちのお弁当がいい……。

……とは口が裂けても言えないな。

このニコニコして、幸せそうな顔をしている彼女にお弁当を交換して欲しいなんて、死んでも言うわけにはいかない。

それに教室にいる皆がボクたちに視線を注いでいる。

ここで、ボクがこのお弁当を拒否するということは、姫城さんに恥をかかせることになる。彼氏として、それだけは看過するわけにはいかない。

そう、ボクは姫城さんの恋人なんだ。

この物体を処理するのは彼氏であるボクの責務。

たとえ、我が身がここで朽ち果てようとも、コイツだけは——全身全霊を持ってボクが討ち滅ぼすっ！

「なんで、ファイティングポーズをとっているの？？？」

「……倒すべき相手への敬意です」

さあ、光と闇の果てしないバトルをはじめようじゃないか。

今のボクは悲しみの王子でもあり、怒りの王子でもあるのだ。

覚悟を決めたボクは、お弁当の料理たちを勢いよく口に搔き込んだ。

そう、わらび餅みたいにプニプニ食感のおにぎりも、スイカ味のとりのから揚げも、口の中でパチパチと跳ね回るブロッコリーも、石のように固く、銀杏のような臭いのするミニトマトも、愛と勇気で立ち向かった。

極力、口の中で噛まないように、あえて一口の量を増やし、すべての品をお茶で流し込んだ。もちろん、一口食べるごとに、毛穴という毛穴から大量の汗が噴き出し、ダラダラと嫌な汗が流れ出る。

お、おかしい！　こんなに汗をかいているというのに……寒さで身体がガタガタ震えはじめたぞ？　今って、まだ四月だよね？　四月であっているよね？　な、なんで、今日はこんなに寒いの？　どうして、ボクはこんなにガタガタと身体が震えているの？？？

そして、悪戦苦闘の果てに、すべての料理を完食した。

そう、ボクは勝利した。見事に悪の権化をこの世から根絶やしにしてやった。

彼氏として、一つの試練を完璧にクリアしたぞっ！

「――ぐぼっ！　ごぼごぼ……ごほぉ……」

あ、危ない、危ない。危うく、封印した悪魔たちが、世に解き放たれるところだった。

「王寺君、早食いは感心しないわよ」

「ご、ごめんなさい。あまりのおいしさに手が止まらなくて」

その言葉通り、ボクの両腕はブルブルと震えが止まらなかった。

「震えるぐらいおいしかったのね」

「……ええ、感極まって、震えが止まりません。姫城さん、ごちそうさまでぇ――」

「――まだ、玉子焼きが残っているわよ」

姫城さんはニコニコと満面に笑みで、ターコイズ色の玉子焼きを指さす。

「…………」

くそーっ！　このまま、勢いで誤魔化そうと思っていたのに。

どうやら、ボクはこのラスボスからは逃げることは不可能なようだ。

「……これって、抹茶が入っているんですか？」

「抹茶？　真ん中に明太子を巻いただけよ」

「明太子ですか……」

どう解釈しても、明太子を入れたからついた色ではない。

「これ、敬も好きなのよ。ねぇ、敬」

姫城さんは離れた席に座っているたかきゅんに同意を求める。

「………………うん。……冬花の玉子焼き……俺……スゲー好き……」

ウソつけーっ！　目が泳いでるじゃねぇか！　顔も恐怖で青ざめやがって、完全にトラウマになっている奴の顔だぞぉ！

「……そ、そうなんだ。そんなに好きなら、たかきゅんがこの玉子焼き食べる？」

「────っ！　ご、ごめん。今日は香奈子とデートするから……」

たかきゅんはぶんぶんと首を横に振り、ボクの提案を全力で拒否した。

どうやら、この玉子焼きを食べると放課後の用事が出来ないぐらい、危険らしい。

正直、ボクの本能が訴えている。この玉子焼きはかなり危険だと。

さて、この玉子焼き……どう処理しよう。

ボクはお弁当箱に入っている二切れの玉子焼きを見つめる。

二切れかぁ……。一切れでも持て余すのに……二切もあるのかぁ……。

「……ん？」

その時、とある男子生徒の視線が合う。

「中島君。……一切れいる？」

「────っ⁉」

ボクの思いつきに、中島君はとても驚き、動揺する。

まさか、自分が巻き込まれるとは考えてもいなかったようだ。

「いやいや、いや！　お、俺……今は食欲ないから……」

「あら、そうなの？　食欲がないなら、なおのこと、この玉子焼きを食べた方がいいわ」

まさか姫城さん自ら中島君に勧めるとは……。

中島君も悪意のない美女の提案に狼狽えていた。

ちなみにこの玉子焼きを食べると、姫城さん曰く、食欲が改善するらしい。

いったい、どういう原理で食欲が改善するのだろうか？

「あ、ああ……。いや、王寺に悪いんで……」

「彼なら、気にしないわ。はい、召し上がれ」

姫城さんは青色の箸でターコイズ色の玉子焼きを掴み、その玉子焼きを中島君のお弁当箱の中にそっと置く。

「おいしいわよ」

姫城さんはニコリと満面に笑みで中島君に微笑む。

「……ありがとう」

学園一の美人に最高の笑顔を向けられたら、たいていの男は無下には出来ない。

現に中島君も断れず、観念し、謎の物体Aを受け入れていた。

まあ、彼もこんなシチュエーションでの天使の笑みは求めていなかっただろうな。

「いただきます……」

覚悟を決めたのだろうか、中島君は怯えながらも、戸惑いながらも、震える箸でターコイズ色の玉子焼きを口に放り込んだ。

中島君の口からもぐもぐと咀嚼する音がボクの耳に届く。

ゴクンと飲み込む中島君。

するると、彼は手に持っていた箸をぽろぽろと床に落とす。

そして、電池の切れたおもちゃのようにぴくりとも動かなくなる。

「な、中島君？？？」

それから数秒間、間が空き、彼はおもむろに口を開いた。

「…………お、おいしい」

とのことだ。どうやら、見た目に反して、美味らしい。

「え？　おいしいの？」

「うん。すごくおいしい」

ホントに？　こんな不気味な色しているけど、本当においしいの？？？

「磯野も食べてみろよ……」

彼はボクの顔をじっと見て言い放った。

「んん？　い、磯野？？？」

「うん、磯野も食べてみ」

「……ボク、王寺だけど？？？」

「磯野、この玉子焼き、おいしいぜぇ！」

「…………お、おう……」

ひたむきに野球に取り組んでいた、男子生徒の人格が壊れてしまった。

なんで、そう思うのかと言えば、彼の目がこれでもかとイッていたからだ。

ど、どどど、どうしよう！ ボクも彼のようになってしまうのっ⁉

「王寺君、早く食べないと昼休みが終わるわよ」

確かに姫城(ひめぎ)さんの言う通り、昼休みの時間は残り僅かとなっていた。

「ほら、あーんして」

そう言って、姫城さんは玉子焼きを箸で掴(つか)み、ボクの口に差し出してくる。

本来なら感極まる場面なのだが、今は全くもってうれしくない……。

「…………」

とはいえ、恋人に笑顔であーんされて、断るバカはいないだろう。

かくいうボクも、愛(いと)しの恋人にあーんされたら、素直に口を開ける男だ。

「いらない？」

躊躇(ためら)っているボクを見て、悲しい顔をする姫城さん。

……そんな悲しそうな顔をしないでくれマイハニー。

ボクは世界の誰よりも君の笑顔が好きな男だ。

君が笑顔でいてくれるなら、ボクはなんだってする。

「姫城さん、今日はお弁当、ありがとう」

ボクのその言葉に彼女はニコリと笑う。

ああ、ボクはこの笑顔が好きだ。この笑顔を見ただけで本当に幸せな気分になれる。

最後の最後にこの笑顔を見られて本当によかった。

ふっ！　我が宿命——ここにあり。

母さん、父さん、親不孝でごめんなさい。

親より先立つ、白馬をどうかお許しくださいっ！

愛ゆえに白馬は苦しみ、愛ゆえに白馬は悲しむのです。

そう、白馬は——退かぬ！　媚びぬ！　省みぬ！

「——南無三っ！」

覚悟を決めたボクはターコイズ色の玉子焼きをぱくっと口に入れた。

——その時、ボクの身体に不思議な事が起こった！

「あれ？　あれれ？　ここはどこ？　ボクはキラキラネームの王寺白馬」

確か、さっきほどまでボクは姫城さんと昼食を食べていたはず……。

いつの間に、意識を失っていたんだ？　ボクはキョロキョロと辺りを見渡す。

どうやら、ここは二年三組の教室のようで、ボクは何故か、黒板の前に立っていた。

そんなボクの隣には数学の土井先生がニコニコ顔でいて、ボクの顔を見つめながら、パチパチと拍手していた。なんで、このおっさんは満足げな顔をしているんだ？

「ブラボー、ブラボーだっ！　まさか、この難解な問題をいとも簡単に解く生徒が、この学園から、現れるとは……」

「はあ？　問題？？？」

土井先生が黒板をびしっと指さす。……黒板にはとても難しそうな数字が並んでいた。

なんだこれ？　さっぱり理解できない問題だけど……一つだけわかることがある。

この問題はボクには絶対に解くことが出来ない数学の問題だということだ。

「東大生でも、頭を抱える問題をものの数秒で解読するとは。……王寺、おバカな生徒だと思っていたが、実は天才だったんだな……」

「へぇ？　ボクが天才？？？」

今、気づいたが、ボクの手には白チョークが握られていた。

……まさか、この問題……ボクが解いたのか？

うん、確かに黒板に書かれている、この丸字はまごうことなきボクの字だ。

「みんなも王寺を見習って、勉学に励むように」

そして、ボクは当惑しながらも、自分の席に戻った。

信じられないことに、ボクはあの数学の難問を解いたようだ。

これも、あの玉子焼きの副作用なのだろうか？

ボクは振り返り、もう一度、黒板の問題を凝視する。

……うん、難問奇問過ぎて、頭が痛くなってきた。

そして、ボクは自身の席に座り、前の席で困惑している幼馴染みに声をかけた。

「なあ、本当にあの問題、ボクが解いたのか？」

「あんたがぶつぶつとホウキにしゃべりかけているから、土井が激怒して、難しそうな数学の問題を白馬に出したのよ……」

「え？　ボク、ホウキに話しかけていたの？？？」

「う、うん。ホウキに向かって『我は聖帝だ！』とか言いながら、めちゃくちゃわめいていたわよ」

「お、おう……」

「大丈夫なの？」

「た、たぶん……」

ホウキに話しかけているシュールな自分を想像する。その光景にぞっとした。

ボクがおまわりさんなら、間違いなく職務質問する案件だな……。

いったい、意識がない間にボクは何をしていたんだ？

怖いので、これ以上の質問はやめておこう。

とにかく、今はこの大地に立っていられることに心から感謝しよう。

そう、結論づけたボクは放課後まで大人しくすることにした。

後、余談だが、この日、中島君は160キロの剛速球をバンバン投げ、強豪校相手に完全試合を達成するのだった。

＊＊＊

——そして、放課後。

ボクは姫城さんのお願いによって、これまためずらしい場所へ来ていた。

最初はデートのお誘いかと、淡い期待をしたのだが、残念ながら、デートのお誘いではなかった。姫城さん曰く、ボクに会わせたい人がいるらしい。

そんなこんなで、今ボクはとある病院のエレベーターの中にいた。

「部活、休ませて、ごめんなさいね」

「今日はサボり魔の部長を出席させたので、気にしないで」

アイツもたまには部室に顔を出させた方がいいだろう。

と、今はあのサボり魔のことはどうでもいい。

まさか、姫城さんに連れて来られた場所が——病院だとは思わなかったな。

場所が場所だ。会わせたい人は病院関係者か、入院患者のどちらかだろう。

そして、彼女の重苦しい表情から察するに、会わせたい人物は後者なのだろうと予想がつく……。

「そんなこんなより、ボクに会いたがっている人ってだれ？」

「………私の姉さん」

「え？　お姉さん？」

「そう、私の姉……」

「そう……なんだ……」

「春音の誕生パーティーで手品を披露したじゃない」

「したね」

「その手品で王寺君に言いたいことがあるらしいの」

「……そうなんだ」

その言葉を聞いて、頭がくらくらした。

たぶん、姫城さんのお姉さんがボクに聞きたいことは、最後に披露した手品のことだろう。そう、あの舞台に姫城冬花を二人出した手品の仕掛けについての質問に違いない。

確かに姫城家の人間からすれば、あれほどたまげる手品はないだろう。

何せ、双子でもないのに、同じ顔の人間が並んで立っていたんだ、立場が違えばボクも目玉が飛び出すぐらい驚いていたと思う。

ただ、不本意なことに、あれは手品なんて呼べる代物ではない。

タネも仕掛けもない、ただ、同一人物が並んでいただけの単純で稚拙な仕掛けだ。

正直、手品の仕掛けを説明しろと言われても、手品師として、恥ずかしくて口が裂けても言いたくないし、かといって騙るつもりも一切ない。

まあ、仮に嘘偽りのない真実を話したところで、誰も信じることはないだろう……。

「私だって、気になっているんだから」

「まあ、そうなるよね……」

「今は聞かないけど、いつかちゃんと説明して欲しい」

「……わかった。信じないかもしれないけど、いつかちゃんと説明するよ」

そして、エレベーターの扉が開き、目的地のフロアに到着した。

「こっちよ」

ボクは姫城さんの後ろをついて行く。正直、気が重いな……。

そして、病室の扉の前にたどり着いた。当たり前のことだが、病室の扉はスライドタイプで、学校のやつよりも一回り大きかった。

部屋番号の下に『姫城　夏美様』とプレートが掛けられている。

どうやら、個室部屋で、姫城さんのお姉さんの名前は『夏美』というらしい。

こんな時にボクは小学生の時に亡くなった、祖父を思い出していた。

そういえば、病室に訪れるのはあの時以来だな。

まあ、じいちゃんが亡くなった病室は個室ではなく、相部屋だったけど……。

「夏美（なつみ）姉さん、入るわよ」

姫城（ひめぎ）さんはコンコンと扉をノックする。

すると扉の向こう側から「どうぞ」と女性の優しい声がした。

部屋の主（あるじ）からの了承を得たので、ボクたちは部屋の中に入る。

個室部屋はボクが想像していたよりも、ずっと広く、ものすごく豪華だった。

ボクの知っている病室といえば、ベットと小さなテレビと薄いカーテンぐらいしかないイメージだったけど、この部屋は別格だな。

まず、部屋に備えられている家具一つ一つが廉価品ではなく、高品質な物だと一目見ればわかる。家具だけではない、家電も病室とは思えないぐらいすごい。

ゲーミングパソコン、二ドアの冷蔵庫、電子レンジに電気ケトル……テレビなんてボクの部屋のやつよりも二回りぐらい大きい。

まるで、高級ホテルのスイートルームだなと思った。

それでもベッドの近くにある複数の医療機器とイルリガートル台や車椅子がある辺り、この部屋が否応（いやおう）なく病室なのだと実感させられる。

そんなボクはベッドの中に座っている痩せぎすで白髪の女性と視線が合う。

ボクはこの眼鏡の人物を知っている。

この人は春音ちゃんの誕生パーティーの時に、メッセージレターに映っていた人だ。

やっぱり、この人が春音ちゃんと姫城さんのお姉さんだったか……。

そんな彼女だが、病人とは思えない鋭い眼光でボクを睨んでいた。

どうやら、相当ボクに文句があるようだ。

やっぱり、あれか？　あの時の手品の仕掛けを教えろって話なのか？

それとも、お前に妹は似合わないって否定されるのか？

どちらにせよ、ダメージを覚悟しなければならないな。

「君が……王寺白馬君？」

「……そうです。ボクが王寺白馬です」

「私は君にクレームがある」

「く、クレームですか……」

「そう。君にすごく不満があって、今日は冬花ちゃんに連れて来てもらいました」

とのことだ。ボクは生唾をゴクリと飲み込む。

大切な彼女のお姉さんだ。

たとえ、ボクへの誹謗中傷、罵詈雑言でも……素直に受け止めよう。

決意を固めたボクはお姉さんをじっと見返した。

すると、お姉さんは腕を組み、おもむろに口を開いた。

「――何故、タイツ…………なんだ？」

「…………はい？　た、タイツ？？？」

何を言ってんだコイツ？　タイツとはあのタイツのことか？

「君は何故、バニーガールにタイツを装着させた？」

バニーガールにタイツ？

ああ、誕生パーティーでダブル冬花にバニーガールの格好をして貰った時の話か……。

「それは……バニーガールだから……です」

そんなボクの言葉に、明らかに落胆の表情をする姫城さんのお姉さん。

この人はいったいボクに何を伝えたいんだ？

「……あの、哲学的な話ですか？　人はお腹が空けば食事をするように、バニーガールだから、タイツなのです」

「――――愚か者っっっ！！！」

「――――ひっ！」

び、びっくりした。急に大きな声を出さないで欲しい。

というか、儚い見た目に反して、この人……かなりの変人だ！

そう、今まで様々な奇人変人と相対してきたからこそわかる。

間違いなく、この人はSランクの変人だ。

「思考停止したバカには反吐が出るな。白馬君、その瞳でもう一度、我が妹の太ももを凝視してみるがいい」

とのことだ。姉からのお墨付きを貰ったので、ボクは手で太ももをブロックしている姫城さんのムチムチな二本のお宝を注視する。相変わらず、健康的で素晴らしい太ももだ。

このニーソックスとミニスカの間を『絶対領域』と名付けた奴はボクの次に天才だな。

「素晴らしいものに多くの言葉はいりません。シンプルにサイコーです」

「ふふふっ。そう、我が天使の太ももはアフロディーテをもしのぐ逸品だからね」

「それと、バニーガールのタイツに何の関係が？」

「はぁ〜〜〜。まだ、気がつかないのか、この咎人は？　こんな素晴らしい生足に、何故君はタイツをつけさせた？　姫城冬花の魅力を最大限に発揮するには生足バニーだと、何故考えない？」

「――――っ！」

お姉さんのその言葉に雷に打たれたような衝撃を受けた。

まさに目から鱗が落ちるとはこのことだ。確かに、この美脚には生足バニーだっ！

そして、愚かなボクはショックのあまり、その場で頽れた。

ボクは……なんて大罪を犯してしまったんだ。

「生足バニーっ！　……なんで、ボクはそのことに失念していたんだ。これでは、お姉さんがボクに幻滅するのも無理がない……」

「どうやら、生足バニーの素晴らしさを再認識したようだな」

「悔しいですが、認めざるを得ない。あなたの言う通り、タイツは邪道だった。ボクは人類始まって以来の大ミスを犯してしまったっ！」

まさか、千載一遇のチャンスを逃していたなんて……。ああ、時間を戻すことが可能なら、もう一度誕生パーティーに戻って、バニータイツをビリビリに破りたい。

「わかって貰えればいいんだ。ただ、この頑固な妹にバニーガールの格好をさせたことは驚嘆に値する。そのスキルを是非とも次に活かして欲しい」

「……お姉さんは大罪人のボクを許すと？」

「人は誰しも間違いを犯す。次、冬花ちゃんにバニーガールの格好をさせる時は生足バニーもしくは逆バニーでオナシャスね」

「は、はいっ！　今日、帰ったら、タイツをビリビリにして、ゴミ箱にポイします。そして、次からは生足バニーで舞台に立って貰います」

「ええ〰〰っ！　逆バニーはしないのぉ！」

「流石(さすが)にセンシティブな問題なので、人前ではちょっと……」

「なるほど。なら、私たち二人の前でなら、問題ないね」

「それなら、問題ないかと」

「うんうん。それでこそ、冬花ちゃんの彼氏だ」

「――おい、ヘンタイども、いい加減にしなさいよ！　次なんてないわ！　それと、逆バニーってなに？？？」

談義に花を咲かせているボクたちに、姫城(ひめぎ)さんは猛抗議する。

「姉さん、王寺(おうじ)君に言いたかったことって、バニーガールのタイツのことなの？」

「それもある。それもあるが、本題はここからだよ」

先ほどの表情から一転、真剣な表情をするお姉さん。どうやら、大事な話はここからのようだ。

「君に見せたいものがある」

「ボクにですか？」

「そう、君が冬花ちゃんの彼氏だというなら、是非ともこれを見て欲しい」

「――なあぁっ！」

お姉さんは掛け布団の中から、驚くべきものを取り出し、それをボクに見せつけてきた。

おいおい、このお姉さん……半端ない人物だな……。

お姉さんが取り出したのは抱き枕だった。ただの抱き枕ではない。枕のカバーが……姫城冬花だった。しかも、制服とか私服とかではなく、枕のカバーの姫城さんは露出度の高い……女騎士の格好をしていた。

ちなみに姫城さんはその抱き枕のカバーを見て頭を抱えていた。

「どうだぁ！　うらやましいだろうっ！　メイドさんたちに作らせた、世界で一品だけの抱き枕だぁ！」

誇らしげな表情で、抱き枕を自慢するお姉さん。

「クオリティもすごいんだぞ！　おっぱいも実物と同じサイズに膨らませているし、あの棚の中にはメイド冬花、ブルマ冬花、ナース冬花に全裸冬花、エトセトラ、エトセトラ……数多の格好をした冬花ちゃんと春音たんの枕のカバーが、封印されている」

「……す、すごいですね。ちなみにその抱き枕の裏面はどうなって？」

「魔法使いの格好をした春音たん！」

抱き枕をひっくり返し、魔法使いの格好をした春音ちゃんを見せてきた。

「お、おう……」

「君がどれほど、冬花ちゃんの彼氏ヅラしても、妹たちを一番理解し、一番愛しているの

は、この姫城夏美なんだからねぇ！　うーんちゅ！　ちゅ、ちゅ、ちゅちゅちゅう！」

お姉さんはボクにライバル宣言し、抱き枕の女騎士の顔に何度もキスをして、胸をモミモミ揉んでいた。す、すごい絵面だな……。

これ、姉だから、ギリセーフだけど、兄なら、家族会議する案件だな。

いや、姉でも普通にアウトか……。

まあ、何はともあれ、お姉さんのクレームがあの時の手品のことではなくて本当によかった。

しかし、クオリティの高い抱き枕だな……。普通に販売してもバカ売れしそう。

「なに？　この女騎士冬花ちゃんの胸を揉みたいの？」

お姉さんはそう言って、慣れた手つきで、モミモミ、モミモミと豊満な胸を揉みしだく。

もちろん、ボクはコクコクと何度も頷く。

「ダメぇ〰〰っ！　この冬花ちゃんはお姉さんだけのものですぅ！　ちゅ、ちゅちゅ！」

「ちょ、ちょっと！　姉さんやめてよぉ！　後、王寺君も調子に乗らない！」

「いやだぁ〰〰っ！　冬花ちゃんはずっと夏美の冬花ちゃんでいて欲しい——ごほ、ごほごほ……」

苦しそうに咳き込むお姉さん。姫城さんは心配した表情で、お姉さんに駆け寄り、慣れた手つきで、彼女の背中をさする。

「もう、興奮するから……」

「ごほ、ごほ……。はあ、はあ、はぁ……。いやぁ〜〜、調子に乗りすぎたわ」

「だ、大丈夫ですか？」

「うん。いつものことだからね。……慣れたものさ」

いつものことか……。部屋の奥の本棚に多くの絵本や小説が置かれ、その上の壁に絵の具で描いたであろう絵が飾られていた。

小さな黒髪の女の子、その隣に長い黒髪ワンピースの女の子、父親らしき男の人と母親らしき女の人、それと医療帽子をかぶった眼鏡の女性がひまわり畑で手をつないでいる絵だった。絵の中の人物たちはニコニコと笑顔で笑っていた。

その絵には日付があり、その日付は去年の五月七日だった。

たぶん、この絵を描いたのは、この絵の中にいる小さな女の子ではないだろうか。

少なくとも、絵のタッチからして小学校低学年ぐらいの子の絵だろう。

そして、絵の日付からして、姫城さんのお姉さんは、去年の夏よりずっと前から入院していた可能性がある。長期の入院……それはつまり……。

「その画伯の名前は姫城春音(はるね)といいます」

「え？」

「君がシリアスな顔で、絵を見つめていたから、そうなのかって」

お姉さんに考えを見透かされて、ボクは少し恥ずかしかった。

なるほど、この絵は春音ちゃんが描いた絵なのか……。

人のことはあんまり言えないが、春音ちゃんも絵心はないようだ。

「下手くそでしょう。でも、私の大事な宝もの」

「懐かしいわね」

「だね。病院から外泊許可が出て、私のワガママで咲いてもない、ひまわり畑に行ったんだ……」

話から察するに、去年のゴールデンウィークに家族五人で、ひまわり畑へ遊びに行ったようだ。確かに、五月だとひまわりなんて咲いてないか。

「でも、絵のひまわり畑は満開ですよ」

「だから、絵ぐらいはって、春音の粋な計らいだよ……」

「ああ、なるほど」

きっと姉を想って一生懸命、得意ではない絵を描いたのだろう。

もし仮に、そんな絵をプレゼントされたら、ボクも額縁に入れて飾るだろうな。

「ひまわり好きなんですか？」

「一番好きな花だよ……」

「そっか……」

「そんなことよりも、二人はいつからお付き合いをしているんだい？」

「進級してすぐ、彼から告白されたの」

ボクの記憶違いでなければ、先週告白された側はボクだ。

それに最初の告白は姫城さんに断られた……。

「……くくくっ！　な、なるほど。出来たてほやほやのカップルだ」

何故か、夏美さんはニヤニヤ顔をして、微笑する。

「そういうことね」

「ふーん、冬花ちゃんは白馬君のどこが好きなんだ？」

「手品が得意なところと、意外と頼りになるところね」

「ふっくくくっ！　そ、それで、二人はゴールデンウィークどうするんだい？」

「――え？」

想定外の言葉に驚く、姫城さん。

「恋人同士なんだから、デートぐらいするんでしょう？」

確かに恋人同士なら、ゴールデンウィークにデートぐらいはするだろう。

でも、この病室に来て――いや、夏美さんの病状を見て、疑問に思っていたことが、なんとなく理解できた気がする。

たぶん、姫城さんが、ボクに交際を申し込んだのはお姉さんと関係しているのであろう。

「するわよデート。そうよね王寺君？」

「……そうだね。ゴールデンウィークにデートします」

そんな予定は何一つ決めていないのだが、ボクは姫城さんに話を合わせた。

「どこに行くの？」

「…………」

お姉さんの質問に沈黙する姫城さん。

どうやら、姫城さんは咄嗟の機転が利くタイプではないようだ。

「クラウン・ワールドに遊びに行く予定です」

ボクは助け船を出すことにした。クラウン・ワールドとは温泉や温水プールなどがある娯楽施設の名前だ。ちなみにキャッチフレーズは『二十四時間、王様気分』だそうだ。

「父から、割引券を貰ったので、行こうかなと相談していたところです」

ボクはウソをついた。ウソつくたびに両親の顔がちらつくが、今優先すべきは隣で固まっている彼女を手助けすることだ。だから、ボクはウソをついた。

父からは割引券を貰うのは本当だが、姫城さんとはデートの相談をした覚えはない。ただ、何でもいいから、どこかに遊びに行くことを説明しないと夏美さんに怪しまれると思ったから、ボクはその場限りのウソをついてしまった。

そんなボクは姫城さんを一瞥する。彼女は申しわけなさそうな顔をしていた。

「なつかしいなぁ〰〰。オープン当時に春川家と一度だけ遊びに行ったなぁ〰〰」

「そうなんですか？」

「うん、そうなの。もう一度、遊びに行きたかったけど、この身体では仕方がない」

「…………」

「二人とも楽しんでおいでよ」

「……ええ、楽しんできます」

「うんうん。これで、お姉さんも心残りが一つ減ったかな。うん、喜悦、喜悦だ」

その言葉にボクは返す言葉がなかった。

医療など何一つ精通していないボクでも、この目の前の女性の容態が良くないことだけはわかる。

やつれて激痩せしている彼女を見ていると、ボクが小学生の時に、癌でこの世を去ったおじいちゃんを思い出す。

そんなこんなを考えていると、病室の扉が開き、五歳ぐらいの小さな女の子が部屋に入ってくる。ピンクのパジャマ姿で、胸には絵本が抱きしめられている。

どうやら、お姉さんに絵本を読んで貰いたくて、この部屋に訪れたようだ。

そんなパジャマ姿の女の子はボクを見て、明らかに警戒をしていた。

「夏美お姉ちゃん。絵本を読んで……」

「そうだった。読んであげる約束だったね」

その言葉に女の子は満面に笑みを浮かべ、パタパタとベッドに駆け寄り、お姉さんの隣を占領する。

「でもね、今日は絵本を読むより、楽しいことがあるんだよ？」

「絵本を読むより、楽しいこと？」

「うん。あそこにいる、かわいいお兄ちゃんが、杏奈（あんな）ちゃんに手品を見せてくれるって」

とのことだ。まさか、無茶（むちゃ）ぶりしてくるとは……。

とはいえ、ここで出来ないと言うのはボクのプライドが許さない。

ボクは手持ちのコインとトランプで、女の子に手品を披露した。

＊＊＊

病室を後にした、ボクたちは病院近くにある公園のベンチに腰掛け、春の宵の涼しい空気を感じていた。

お互いこのまま家路につくわけにはいかない。

これまでに感じていた疑問について、答え合わせをしなければならない。

「手品、ありがとう」

「杏奈ちゃんに喜んで貰えてよかった」

「……あなたは本当にすごいわね。あれだけ警戒されていたのに、最後にはもう打ち解けている。あなたが少しうらやましいわ」

姫城さんの言う通り、帰る頃には『また、手品を見せて欲しい』とお願いされるぐらいには心を開いて貰えた。

「……姫城さん、ごめんなさい」

ボクは姫城さんに頭を下げた。

「——え？　どうして、あなたが謝罪するのよ？」

「今日、お姉さんに会って、一つ理解しました。姫城さんが何故、誰ともお付き合いしないのかを」

身内がつらい闘病生活していたら、色恋沙汰にうつつを抜かすことなんてできるはずがない。ボクだって身内が病気になっていたら、姫城さんと同じ対応している。

そんな時に、ボクは身勝手な告白を彼女にした。

考えれば考えるほど、あの日に戻って、ボクは能天気な自分をぶん殴ってやりたいよ。

「あの時の告白の件なら、気に病むことはないわ。だって、あなたは何も知らなかったのだから……」

「ありがとう。そう言って貰えると少しだけ心が軽くなるよ」

「私もあなたに謝らないといけないわね」

「それって、今のボクたちの関係の話ですよね？」

彼女はコクンと頷く。やっぱり、あの時の姫城さんの告白は……。

「王寺君が想像している通り、姉さんが元気になるまでは、誰かとお付き合いする気は一切なかった。でも、今はあなたとお付き合いしている」

「……ボクたちがお付き合いしている理由って、お姉さんが関係しているんですよね？」

「今日、姉に会って、理解したと思うけど、姉さんはもう長くはない」

震える声で、彼女は姉の症状を口にした。

「…………」

わかってはいたが、その事実を簡単に受け入れることができない自分がいた。

あれだけ笑っていたのに、余命幾ばくもないなんて……。

身内である姫城さんにとって、これほど苦しい現実はないだろう。

「色んな治療方法を試してみたけど、すべて上手くいかなかった。先生の話では秋を迎えることは出来ないと宣告されたわ……」

姫城さんの目に涙がにじんでいた。

その悲痛な表情を見て、ボクの胸にズキンと痛みが走る。

大好きな姉の命が長くない。さぞかし無念でならないだろう。

ボクはポケットからハンカチを取り出し、彼女にそっと渡す。

「……ごめんなさい」

「つらいなら、話さなくていいよ」

姫城さんは首を横に振り、

「大丈夫。大丈夫だから」

そして、彼女はため息を吐き出し、ボクをじっと見つめる。

「姉さんが死ぬまでに、私の彼氏を見たいって言うから……」

「ボクに白羽の矢を立てたってこと？」

「……春音(はるね)の誕生パーティーの動画を見て、あなたを気に入って」

つまり、ボクと恋人同士になったのは、姫城夏美(なつみ)のためということか……。

不思議とその事実に怒りは覚えなかった。人によっては『馬鹿にするな！』と怒っていい場面なのかもしれないけど、むしろすっきりした自分がいた。

まあ、悲しくないと言えばウソになるけど……。

「ボクが選ばれた理由はそれだけ？」

誕生パーティーの動画を見て気に入って貰(もら)えたのはうれしいけど、それだけの理由なら、ボクでなくてもいい気がする。

「あなたを選んだ、理由は三つ。一つ目は姉が気に入っていること、二つ目はあなたなら断らないと思ったこと、三つ目は……」

「三つ目は？」

「…………ごめんなさい。理由は二つだったわ」

「……そう」

つまり、姫城さんはボクに恋心があって、お付き合いをしているというわけではないってことか……。まあ、わかっていたことだが、少し落ち込む。

いや、落胆するのはもっと後だ。大事なことはこれからどうするかだ。

このままお姉さんの前で、恋人同士を演じるのか、それともここで関係を解消するのか。

残り僅かの姉のために、心残りを少しでも減らそうと思う、姫城さんの気持ちも理解は出来る。やり方は、すごく不器用だとは思うが、その心には姉への愛が満ち溢れている。

正直、姫城さんへの恋心など抜きにして、このまま力になってあげたいボクがいる。

ただ、その反面、ボクの中にある倫理観がこれでいいのかと訴えているのもこれまた事実だ。余命幾ばくもない人にウソをつき続けることが果たして、正解なのだろうか？

どちらを選ぼうが、後味の悪い結果にはなりそうだな……。

未来を知っているトウカさんに最善の答えを仰ぐか？

いや、それは……たぶん、違う。これはボクの人生だ。

決断するのも、選んだ道に責任を背負うのも自分自身じゃないと意味がない。

「ごめんなさい、万が一、断られることを想像したら、あなたに言い出せなくて……」

「断らないよ。だって、ボクが断れば、他の男子を彼氏役に立てようとするだろ？　そんなことになるぐらいなら、偽装カップルぐらい演じるよ」

たとえ、ニセモノであろうとも、姫城さんの隣に他の男なんて立って欲しくない。

「でも、素直に言っては欲しかった……」

「ごめんなさい」

そう言って、深々と頭を下げ、また謝罪をする。

「わかった。お姉さんが生きている間は恋人同士。……それでいこう」

ボクは二人で進むことを選んだ。

彼女と偽りの恋人を演じることを選択した。

その先に正しさがないのだと理解しながらも……。

「いいの？　私、あなたにすごくひどいお願いをしているのよ？」

「そのつらい道を辿る相手にボクを選んでくれた。それだけで十分」

「……ありがとう」

「いえいえ」

そして、ボクたちはこの場で解散することにした。

姫城さんは待機させていた外車に乗り込む。

「送るわよ？」

自宅には姫城トウカさんがいるはずだ。

これ以上、二人が鉢合わせするのはよくないだろう。

「いや、今日は一人で帰ることにするよ」

そう、判断したボクは彼女の心遣いを断った。

そんなボクの言葉に彼女は少しだけ悲しそうな表情をした。

もしかするとボクが怒っていて、彼女の気遣いを拒否したと思っているのだろうか？

「……そう。王寺君、本当にありがとう」

「ボクのことは気にしないで、本当に怒ってはいないから。ただ、今は少しだけ一人で歩きたいんだ」

「……わかった。王寺君、また明日」

外車の窓から、手を軽く上げ「さようなら」とお別れの言葉を告げられる。

普段のボクなら、そんな彼女の仕草に有頂天外の喜びを覚えるところなのだが、今はまったくうれしくなかった。そして、姫城さんはこの場を後にした。

「帰るか……」

正直、かなり気が重かった。自宅へ帰っても、もう一人の姫城トウカがいる。

姫城家の事情を知った今、ボクはどんな顔をして、彼女と向き合えばいいのだろうか。

＊＊＊

自宅へ帰ってきたボクはその光景に目を疑った。

父と母が、せかせかと我が家のオンボロ軽自動車にたくさんの荷物を積んでいた。

……え？　もしかして、夜逃げ？

これってまさか、俗に言う夜逃げというやつなのではないか？

そうか、とうとうこの日がきたか……。やっぱり、このご時世、中古バイクの販売なんて儲(もう)かるわけないよな。だからボクは言ったんだ、バイクを売るより、ゲーミングＰＣの販売店をする方が儲かるとっ！

ボクは忙しそうに荷物を運んでいる両親に近づき、

「借金はいくら？」

「はあ？　開口一番なんだよ？？？」

「夜逃げだろ？」

「夜逃げって……。お前、まだ十九時前だぞ？」

「最近の夜逃げは夜中にしないって、ボクは聞いたぞ」

「……はーちゃん、急だけど、パパの実家に帰省します」

「え？　ばーちゃんのところに？」

「おふくろ、腰を痛めたらしくてな。孫ができた報告ついでに、看病してくるわ」

父方の実家には祖母しかいない。ボクの祖父は数年前に癌でこの世を去った。

軽口を叩いている父だが、内心は一人暮らしをしている、祖母のことをさぞかし心配しているに違いない。

「そうか、この荷物は帰省するための荷物だったのか」

「たぶん、ゴールデンウィークが終わるまでは向こうにいると思うから」

「ホントはお前も連れて行きたいが、お前はトウカちゃんのそばにいてやれ」

トウカさんにはトウカさんのやるべきことがあるのだから、帰省に付き合わせるわけにはいかないし、この家に一人にするわけにもいかない。なら、ボクがこの家に残るのが最善だろう。そんなことを考えていたら、ポンと背中を叩かれた。

「義父様、荷物はこのトランクケースで最後ですか？」

振り返ると、黒髪美人が立っていた。

「ありがとう、トウカちゃん。悪いんだけど、このバカの面倒を頼むわ」

「お任せください」

「二人とも気をつけてね」

そして、父と母は隣の県に住む祖母の家へ向かった。

「……二人になったね」

「そうですね」

飛び跳ねるぐらい、大喜びする場面なのだろうが、正直、今は二人きりにはなりたくない自分がいた。

「トウカさん。今日、夏美(なつみ)さんに会いに行きました」

ボクのその言葉に彼女は全く反応しなかった。

まるで、最初から、全てわかっていたかのように……。

「もしかして、トウカさん、今日、夏美さんと会っていたのでは？」

「どうして、そう思うの？」

「トウカさん、今朝は出かけると言ってましたから、もしかしたらと思って」

自由奔放な人だけど、この時代で会う相手は一握りしかいないはずだ。

「正解だよ。今日は二人で映画を鑑賞してきたわ」

「……この前見たやつですか？」

「そう、本来なら、この時代のわたしと姉さんが鑑賞するはずだった映画を横取りした」

もしかするとあの日、トウカさんが劇場内で泣いていたのは、映画の内容ではなく、過去を思い出して泣いていたのかもしれない。

どちらにせよ、また歴史改変したことだけは間違いないようだ。

「もしかして、夏美さんはトウカさんの正体を知ってるんですか？」

「うん。未来人に会えて喜んでいた……」

「なるほど」

つまり、夏美さんもボクと同じで、未来のことを知る側の人間ということだ。

しかし、どうして、トウカさんは過去の自分のすべきことを横取りしたんだろう？

「それで、夏美姉さんに会った感想は？」

「……元気な時に会いたかったです」

ボクは素直に思ったことを口にした。

「そっか。はーくん、わたしの居た世界では、はーくんと夏美姉さんは出会うことがなかったんだ」

その言葉は歴史改変されたことを意味していた。

そうか、本来の世界線なら、ボクと夏美さんは交わることがなかったのか……。

「トウカさんの目的はボクと夏美さんを出会わせることですか？」

「それもあるけど……すべては——ひ・み・つ！」

そう言って、トウカさんは可愛くウィンクをして、ボクの質問をはぐらかす。

どうやら、最後の最後まで語る気はないようだ。

「はーくん、君は君がしたいと思うことをして欲しい」

「ボクのしたいこと……」

それはなんだろう？

かっこ悪いことにすぐに答えが出てこなかった。

ただ、後悔だけはしたくないと心からそう思った。

「結婚報告はしたんですか？」

「したよ。めちゃくちゃ祝ってもらった」

「なるほど……」

「ちなみに、君たちが偽装カップルになることを仕向けたのはわたしたちです！」

「やっぱり、そうなりますか……」

「どうだ、わたしと夏美姉さんの計略にハマった感想は？」

夏美さん視点で見れば、六年後の未来から、妹が現れて結婚報告をした。

そんな報告をされたら、この時代のボクと会いたいと思うのは至極必然のことだろう。

あれだけ妹たちを溺愛しているのだ。

どんな男なのか、気になって仕方がないだろう。

「あっ！　そういうことか！」

つまり、これは姫城（ひめぎ）夏美からの挑戦状なんだ。

王寺白馬が姫城冬花に本当に相応しい相手なのかを試されている。

そのためにボクと姫城さんを恋人同士にしたんだ。

なるほど。全てが腑に落ちた。

手のひらで踊らされた感じがして、少し面白くないが、夏美さんからの挑戦状をボクは受けて立たなければならない。

「しかし、回りくどいやり方だな……」

とはいえ、これで一つ胸につかえていたものが取れた。

なにせ夏美さん、ご本人が、この状況を仕組んだ張本人だ。

これで、夏美さんの前で偽装カップルを演じても心が痛むことはない。

とにかく、頑張ろう。

そして、夏美さんに認めて貰えるとうれしいかな……。

「トウカさん、お腹が空いた……」

ほっとしたら、お腹が減った。

今はトウカさんの温かいご飯が食べたいと思った。

「ご飯、作っているから、一緒に食べましょう」

こうして、ボクたちは二人だけの生活が始まった。

姫城トウカ　レミニセンス2

その日、私は王寺君の席の前に立っていた。

そう、めずらしく——いや、はじめて、私の方から彼に用がある。

そんな彼の机には妹がよく遊んでいるカードゲームのカードが並べられている。

私はスマホと睨めっこしている彼に声をかけた。

「王寺君、少しいいかしら？」

「ちょっと待て、ちょっと。……もう少しで、春音ちゃんに勝てるデッキのレシピが見つかりそうなんだ」

「その妹の事なんだけど」

「姫城さん、かわいい妹がいたんだね……」

「……うん。その、保護してくれて、ありがとう」

「二度目の家出って事らしいけど」

彼はスマホを机に置き、こちらを見つめる。

私の勘違いでなければ、彼のその目の奥には、確かな怒りがあった。

たぶん、大方の事情は春音から聞いたのだろう。

そして、春音を傷つけた私たちを、この人は無言で責めているんだ。

「迷惑でしょう？　今日連れて帰るから」

妹の春音が二度目の家出をした。

家出の理由は両親が毎日大ゲンカしているのを見るに堪えなくなったからだ。

当然、屋敷の人間総出で春音を捜索した。

幼馴染みの敬にも助けを求めた。

その幼馴染みが、彼女である近田さんとこの王寺君にも協力を仰いでくれて、結局、王寺君が春音を見つけた。

なんでも、コンビニの駐車場で泣いているところを保護したらしい。

そして、現在は王寺君の家でお世話になっている。

「……ボクたちのことなら、気にしなくていいよ。春音ちゃんも今は自宅に帰りたくないって言っているし……」

今回ばかりは春音を責めることは出来ない。

妹が家出したのは全て私たちが不甲斐ないからだ。

振り返ってみれば、私は自分の事ばかりだった。

一番辛いのは妹だった。だったというのに、私はそんな妹を疎かにした。

本当に情けない姉だ。私は姉失格だ。

「近田さんから聞いたのだけど、王寺君、今自宅には生まれたばかりの赤ちゃんがいるのでしょう？　そんな大変な時に、迷惑なんてかけることはできないわ」

「ボクたちなら、本当に気にしなくていいよ。ちょうど明後日(あさって)から冬休みだし、弟たちと春音ちゃんはボクが面倒をみる」

正直に言えば、どの面を下げて春音に会えばいいのか、わからなかった。

両親が毎日、言い争いをしているのを知っていたのに私は見て見ぬ振りをした。

何もかもに嫌気が差していた。全てどうでもいいと思っていた。でも、妹が家出をして、やっと目が覚めた。自分がなにをすべきなのかを。

「人様の家庭を詮索する気はないんだけど、春音ちゃんの話によると、預かってくれる親戚とかいないって聞いたんだけど」

「ええ、ウチは少し特殊だから……」

「唯一の身内のお婆(ばあ)さんも、外国で暮らしているんだよね？」

「…………う、うん。祖母は遠くの国に住んでいるわね」

そもそも、祖母がどこに住んでいるのかすら、私たちは知らない。仮に近くに住んでいたとしても、魔女の家なんて、危険極まりないに決まっている。

そんな場所に妹を追いやるぐらいなら……。

「……恥を忍んでお願いします。冬休みの間、妹を預かって貰(もら)えますか？」

私は深々と頭を下げた。かっこ悪いなと思った。

頭を下げた事がではない。何も知らないと見下していた、彼の方がずっと大人だった。

姉が死んで世界で一番、自分が不幸だと思っていた。

悲劇のヒロインをどこかで演じていた。

でも、そうではなかった。

妹の為に色んな人たちが、力を貸してくれた。

様々なものを拒んできた私たちに、彼らは嫌な顔せず手を差し伸べてくれた。

私も妹も孤独などではなかった。

人は一人では生きてはいけないのだと、誰かとの協力の上で生きているのだと、そんな当たり前の事を、私は忘れていた。

本当に世間を知らなかったのは私の方だった。

姉の死から、何も学べていなかったのは私だった。

「何度も言ってるけど、気にしなくていいよ」

「ありがとう」

とにかく、今は両親の間に入って、私が仲裁をしなければならない。

夏美姉さん亡き今、不仲の両親を支えられるのは私だけだ。

それが今、私がすべき事柄だ。

でなければ姉に顔向けができない。

「それよりも、姫城さん……」

「……なに？」

「ずっと、言えなかったけど……お姉さんのことお悔やみ申し上げます」

今度は彼が立ち上がり、私に頭を下げた。

「…………ありがとう」

「何でも言って、力になるから」

「ありがとう」

「まあ、ご両親の仲を取り持つのも大事だけど……あれとも仲直りしなよ……」

そう言って、彼は敬を指さす。

敬は王寺君に指さされ、ばつの悪い顔をした。

どうやら、こちらの会話を盗み聞きしていたようだ。

「幼馴染みなんでしょう？」

「……うん」

「ボクも香奈子とよくケンカするけど、半年もギクシャクしたことないよ」

「………ごめんなさい」

「彼、必死に春音ちゃんを探していたよ。姫城さんはいい幼馴染みを持ったね」

「………」

まだ、私たちは仲直りが出来ていなかった。

私が悪いのに、くだらないプライドの所為で、頭を下げられずにいた。

「姫城さん」

「なに？」

「……今度、うちの双子を抱いてみない？　兄バカって思うかもしれないけど、小さな命が、一生懸命、生きようとしている姿に、毎日、命の尊さを考えさせられているよ……」

照れくさいのか、彼は頭部をぽりぽりと掻きながら、気恥ずかしい顔をしていた。

「まあ、まだサルみたいな顔だけど」

「うん。よかったら、私にも抱かせて欲しい」

そして、数日後に私は彼のご兄弟をこの手で抱いた。

彼の言葉通り、しわくちゃで、目も閉じていて、私が想像している赤子ではなかったけど、この小さな存在が愛おしいと思えた。

涙が流れた。知らないうちに涙がぼろぼろこぼれ落ちた。

むかし、生まれたての春音を母から、抱かせて貰った時のことを思い出した。

絶対に妹を大切にしようと姉と誓った。

何があっても、私たちが守るのだと約束したのに……。

やっぱり私は愚か者だ。我が身かわいさから、大事なものに目を背けてきた。

今度こそあの日の約束を守ろう。
間違えてばかりの私たちだけど、まだやり直せるはずだ。
まだ、あの日の誓いは消えていないはずだ。
この日、私はもう一度、亡き姉と妹に誓った。
取り戻そう。バラバラになってしまったけれど、またゼロからスタート出来るはず。
家族の絆(きずな)は私が取り戻してみせる。

……この年の私は死と生を知る一年だった。

第二章　ボクと姫のプールデート

ゴールデンウィークが始まった。

ボクたちは町外れにある、クラウン・ワールドという娯楽施設へ遊びに来ていた。

クラウン・ワールドに遊びに来たのは、ボクにとって今日がはじめてになる。

オープン当時、両親に連れて行って欲しいと強請ったが『人が多いから』と却下されたのを、今でもよく覚えている。

結局、あれから行かずじまいになっていたが、あの日、親に一蹴されて悔し泣きした王寺白馬君に是非とも教えてあげたい。

——五年後、好きな女の子と温水プールへ遊びに来ているぞと。

そんなクラウン・ワールドは今年でオープン五周年目で、大々的なイベントが行われているらしく、多くの人が遊びに来ていた。

そしてボクは更衣室で春川敬を睨みつけていた。

「そんなに睨まないでくれよ」

「流石はサッカー部のエースだね……」

ボディービルダーのような膨らんだ筋肉ではないが、たかきゅんの肉体は無駄な脂肪が一切ない、女性受けするであろう体躯をしていた。

素直にうらやましい。ボクもこんな理想の体型が欲しいなと思う。

そんなボクは更衣室に備え付けられている姿見で自身の肉体を見つめる。

悲しいぐらい華奢だな……。

「はあぁ〜〜〜」

結局、ボクたちは二人きりでのデートを断念して、でこぼこカップルと春音ちゃんの五人で遊びに来ていた。

姫城さんと二人きりで来たかった気持ちもあるけれど、今回に関しては二人きりでなくって、ほっとしている自分がいた。

そんな香奈子の彼氏はボクの身体の一部をじっと見つめ、

「ホントに男だったんだね……」

……コイツ！　ゆ、許さん！

ボクは名前と容姿をバカにする奴を誰であろうと絶対に許さないと決めている。

なので、ボクもお返しと言わんばかりにたかきゅんの股間を凝視する。

ふっ！　勝ったな……。

ボクはたかきゅんの肩をポンポンと優しく叩き、

「ドンマイッ！」

と、勝ち誇った顔で彼を励ました。

「――ぐっ！」

着替え終わり、ボクは落ち込むたかきゅんを連れて更衣室を後にする。

そして、身体を綺麗にするためのシャワーがボクたちを出迎える。

「ああ〰〰っ！　学校のやつと違って、温水だぁ！」

「ホントだね。ちょうどいい温度で気持ちいいや」

身体を綺麗にしたボクたちは、入り口付近で、姫城さんたちが出てくるのを待つことにした。ここなら、すれ違うことはないはずだ。

「ここに来るのはオープン以来だよ」

夏美さんもたかきゅんと似たようなことを言っていたな。

「……そういえば、夏美お姉ちゃんに会ったんだって？」

彼の不意な言葉にボクは少なからず動揺してしまった。

「うん。会ったよ……」

「そうか」

春川敬は姫城冬花の幼馴染みだ。

なら、その彼女の姉である夏美さんとも昵懇の間柄だったことは容易に想像できる。

当然、彼はボクなんかよりも夏美さんの病気のことは詳しいと思った。

その考えは正解だったようで、彼の寂しそうな顔が全てを語っていた。

「正直に言えば、こんなところで遊んでいて、いいのかと考える時があるよ」

比べる必要などまったくないが、彼のその心情はボクなどよりも無念だと思っているに違いない。

「でも、夏美お姉ちゃんは俺たちが落ち込む姿なんてみたくはないだろうから、つらくてもいつも通りにするって決めたんだ。それが夏美お姉ちゃんの望んでいることだと俺は思うから……」

「……そっか」

彼の考え方が決して、間違いではないと思う。

現にボクが彼と同じ立場なら、同じことを選択していたと思う。

「ありがとう」

「――え？」

その言葉にボクは驚いた。まさか彼から、お礼の言葉を言われるなんて……。

「夏美お姉ちゃんに会ってくれたこと、わがままな幼馴染みの無理難題に嫌な顔せず付き合ってくれたこと、本当にありがとう」

どうやら、春川敬はだいたいの事情は把握しているみたいだ。

「君以外の奴(やつ)が冬花の彼氏になっていたら、俺は無理矢理(むりやり)でも別れさせていたと思う。バカで愚かな幼馴染みの相手が王寺(おうじ)君で本当によかった」

悪態をついているが、彼のその表情はとても穏やかだった。

なんだかんだで、ボクが香奈子を大事だと思うように、彼にとっても姫城冬花はかけがえのない大事な友人なのだということが、彼の柔らかい表情で伝わった。

「王寺君には申し訳ないけど、わがまま姫のバカなお願いに最後まで付き合ってやって欲しい……」

ボクは彼の真剣な言葉に小さく頷いた。

「ありがとう」

そして、彼はボクに深々と頭を下げる。

姫城さんはいい幼馴染みを持ったな。

そんなボクは頭を上げた彼に悩み相談することにした。

「なあ、たかきゅんに一つ聞いてもいいかな？」

「なんだい？」

「姫城さん曰く、ボクを選んだ理由は三つらしくて、一つ目は夏美さんが気に入ってくれていること、二つ目はボクが断らないと思ったかららしいんだけど、三つ目を教えてくれなかったんだ。それで、君ならこの三つ目が何かわかるかい？」

姫城さんは二つだと訂正していたけど、選んだ理由は三つあったとボクは思っている。

なんで、彼女は三つ目の理由で口を閉ざしたのだろうか？

「なるほど。冬花は君に遠慮したんだと思う」

「遠慮？」

「たぶん、これ以上、君に負担をかけるのは申し訳ないと考えただろうな」

「つまり、ボクに叶(かな)えて欲しいお願いがあるってこと？」

「ああ、悔しいけど、俺では無理だ。俺では無理だけど、君なら出来るかもしれない、お願いだな」

「ボクじゃないと出来ないこと？」

「君に出会って、冬花も春音(はるね)ちゃんも少しだけ元気になった。笑顔が少なくなった彼女たちが君のおかげで少しだけ笑うようになった」

「…………」

「おばさんも、あの気難しいおじさんも君に会って、久しぶりに生き生きしていた」

「たぶん、それはボクの力じゃないよ」

「いや、間違いなく君の力さ。王寺君、どうして姫城家が少しだけ元気になったのか、その理由がわかるかい？」

「…………ごめん、皆目見当がつかないや」

　少し思案してみたが、さっぱり答えは出てこなかった。

　そんなボクに彼は爽やかな笑顔で、答えを教えてくれる。

「――君が夏美お姉ちゃんに似ているからだ」

「ボクが、夏美さんに似ている？」

「お調子者で、いい加減で、お金にだらしなくて、人にイタズラするのが大好きで、ホント夏美お姉ちゃんに、君はそっくりだ」

夏美さんが、いい加減でお金にだらしない人間なのかは知らないけれど、まあ、悲しいことに、たかきゅんが今言ったワードはすべて、ボクに該当するな。

「……そこはボクを褒めるところではないのか？」

「この前の春音ちゃんの誕生パーティーで、一生懸命に手品を披露する王寺君を見て、元気だった時の夏美お姉ちゃんと少しダブったよ」

「おいおい、今度はベタ褒めか」

「香奈子から聞いたよ。君が手品を続ける理由」

「……あの、おしゃべり……」

「夏美お姉ちゃんは人を笑顔にすることが好きな人だ。誰かが悲しんでいると自分のことを後回しにしても、悲しんでいる人のために全力を出す人物だ。君もそういう性質の人間だろ？」

「…………」

「王寺君なら、夏美お姉ちゃんにも元気を与えてあげられるんじゃないかな。現に君は姫城家に僅かな明かりを灯した」

「……つまり、三つ目の理由はボクなら、夏美さんに元気を与えられると、姫城さんは思ったってことなの？」

「そういうことだろうね。俺も王寺君なら出来ると信じている」

すごい殺し文句だな。今のボクに彼の熱弁をすべて肯定するだけの力はないけど、

「プレッシャーだな。そんな大役をボクがしていいのか疑問だらけだけど……彼女たちのためにやれるだけのことは頑張ってみるよ」

ボクみたいなでたらめ人間が、姫城家のために何か力になれるのか半信半疑だけど、夏美さんを見ているとほっとけない。見過ごしてはいけないと、もう一人のボクが言っている。

「しかし、君も重たい女に心を奪われてしまったね。幼馴染みの俺が断言するけど、冬花はかなりめんどくさい女だぞ」

「だね。かなりめんどくさい女の子だと、ボクも思う」

当たり前のことだが、自分の言葉には責任を持たなければならない。

ボクはこの誠実な男の前で『頑張る』と宣言したんだ。

宣言した限りは、最後まで逃げずに彼女たちの力になろう。

「後、香奈子から何を聞いたのか知らないけど、ボクが手品を覚えようとした理由は女の

子にモテたいだけだからな、それ以上の理由は一ミリもない！」

「はっはっは。そういうことにしておくよ」

なにが、そういうことにしておくだ！　本当にわかっているのかコイツ？

「王寺君、さっきも言ったけど、今日は全力で楽しもう。君は冬花、俺は香奈子と春音ちゃんを全力でアシストする」

そして、彼はボクの右肩をがしっと組み、右に左にゆらゆら揺れ、ボクの知らない応援歌を歌い出した。

「お、おい！　おいやめろ！　ぼ、ボクはこういう体育会系のノリが死ぬほど嫌いなんだぁ！　それと、これは何の応援歌だよぉ！」

「もちろん、南海ホークスの応援歌だぁ！」

「なんで野球？？？　君、サッカー部だろ？」

「あっはっはっ！　気にしては負けだよ！」

「………まったくっ！」

ボクも彼の肩を組み、二人で人目はばからず応援歌を熱唱しはじめる。

バカを演じられる彼を素敵な奴だと思った。つらくても笑顔を絶やすことのない隣の男をボクは心から尊敬した。しかし、これもいつか青春の一ページになるのだろうか？

まあ、どちらにせよ、この男の言葉にボクは救われたな。ごちゃごちゃ考えるのはボクの性に合っていない。今は目の前のことを全力で楽しもう。

それと、姫城さんとも向き合おう。

たとえ、偽装カップルでも、今のボクは姫城さんの彼氏なのだから……。

「——二人して、何をしているのかしら？」

背後からよく知った美声が聞こえた。

振り返ると、ボクたちを奇異な目で見つめる水着姿の姫城さんたちがいた。

うわーっ！　うわーっ！　どんな水着なのかと色々妄想していたけど、まさかまさかの紐ビキニとは……。

しかも花柄とか水玉模様ではなく、トランプの柄ときたか……。

想像すらしていなかった姫城さんのセクシーな格好にボクは悩殺されてしまった。

こぼれんばかりの谷間に、すらっとした長い美脚。

美少女風の顔立ちなのに、そのボディは誰よりもわがまま。

白バニ冬花もかなりの破壊力があったが、一撃に関してはこちらの水着の方が上かもしれない。少なくともボクはこの水着冬花にKOされてしまった。

今までは身体のラインがわかる競泳水着が一番好きだったけど……今日からはビキニ派に改宗しようと思う。

そんなボクの感動とは裏腹に、姫城さんは眉間を手で押さえ、頭の痛みと格闘していた。

とのことだ。そんな三人はボクたちをじーっと見つめ、不審者でも目撃したかのような顔をしていた。

「春音、近田さん。バカ二人は放置して、三人で遊びましょう」

「そうだね」

「ですです」

そして、彼女たちは、くるりと反転してボクたちに背を向ける。

「香奈子、俺を置いてかないでくれぇ！」

「ちょ、ちょっと！　ま、待ってよぉ〰〰」

ボクたちはそんな彼女たちを、慌てて追いかけるのだった。

＊＊＊

午前中は五人で和気あいあいと遊び、プール内にある某有名ハンバーガーショップで、セットメニューを美味しく頂いた。

そして、午後からはボクと姫城冬花ペアとたかきゅん、香奈子、春音ちゃんのトリオに分かれることとなった。

そんなボクたちはウォータースライダーを体験するために二人用の浮き輪を持って階段を上っていた。

なんでも、このクラウン・ワールドのウォータースライダーは日本一の長さを誇っているらしく、その高さはだいたい十五階建てのビルに相当するらしい。

高い場所はどちらかといえば得意なので『日本一の体験』なんて謳い文句が書かれていると、少しだけわくわくするな。

実際、階段の上から見える下の景色はなかなかの眺めだ。

景色を眺めていたら、ボクの前を上る姫城さんの足が急に止まる。

ん？　どうした？　てっぺんまで、まだ半分も到達していないぞ？

「どうしたの」

「……やっぱり、引き返す」

「え？　なんで？」

「…………私、高いところダメなのよ」

「なに？　高所恐怖症ってこと？」

ボクの問いにコクンと頷く。まさか、高所恐怖症だったとは。

「高所恐怖症なのに、どうして、滑ろうと思ったの？」

そもそも、ウォータースライダーを滑ろうと提案してきたのは、この顔を青くしている女の子だ。

あれだけ意気揚々と『滑るわよ』と宣言したのに……。

「……春音が楽しそうに滑っていたから……」

そういえば春音ちゃん、午前中にウォータースライダーを一人で楽しそうに滑っていたな。

「妹が滑っているなら、私も出来るのではないかと考えたけど、ふふふ、残念だけど、無理みたいね」

勝手に諦めて、勝手にリタイア宣言しだした。

ボクは背後を振り向く。背後にはこのウォータースライダーを滑るためにカップルや親子の長蛇の列が出来ている。もちろん、前も長い列を作っている。

この狭い階段を引き返すのは、後ろの人たちにかなりの迷惑をかけるのは容易に想像できる。

ここはこのまま階段を上って、通常通り、ウォータースライダーを滑り下りるしかないようだ。

「今回は格好をつけようとした姫城さんが全面的に悪いですね。ここは覚悟を決めて、滑りましょう」

「ダメダメダメ！　棄権よ、棄権」

ボクの腕に、しがみつく姫城さん。

普段クールな彼女だけに、ものすごいギャップだな……。

ボクはそんな姫城さんを立たせ、

「さあ、上りますよ！」

と、笑顔で応えた。

そして、ボクは嫌がる彼女の背中をぐいぐいと押し、一段、また一段と階段を上らせる。

「ああ〜〜っ！　もう、引き返せない！　下りるのも怖い高さになってしまったわ！」

面白いことに、上に上がるほど、彼女はへっぴり腰になっていく。

本当に高い場所がダメなんだな……。

「あっ！　ほらほら、春音ちゃんたちがこちらに手を振っていますよ」

ボクはそう言い、浮き輪で水面をぷかぷかと浮かんでいる春音ちゃんたちを指さす。

「ほら、手を振り返してあげましょう！　おおいぃ〜〜っ！」

「む、むりむりっ！　手を離すなんて絶対無理っ！」

「それは……手を離して欲しいってフリですか？」

「ちがう〜〜っ！」

「またまた」

ボクは手摺りをがしっと掴んでいる彼女の手をわざと引き剥がし、その彼女の柔らかい手首を掴んで、手摺りから手を引き剥がさないでぇ〰〰っ！」

「ちょ、ちょっと！　怖いんだから、手摺りから手を引き剥がさないでぇ〰〰っ！」

怯える彼女を無視して、笑顔で春音ちゃんたちに手を振り返す。

「この鬼畜王子！　後で覚えておきなさいよぉ！」

と、姫城さんに震える声で罵られる。

怖がっている彼女の表情を見て、愉悦を覚えるなんて……確かにボクは鬼畜王子なのかもしれない。

そして、ボクたちは目的地にたどり着く。

前にいる人たちが滑り下りたら、ボクたちの番だ。

「さあ、後は滑るだけですよ！」

「……清々しいほど、むかつく笑顔ね」

「あっはっはっはっ！　すごく楽しいです！　――いたぁ！」

ポカポカと軽く肩を叩かれる。どうやら、調子に乗りすぎたようだ。

「さて、前と後ろ、姫城さんはどちらに座りたいですか？」

「……殴ったことは謝罪するので、王寺君が前に座ってください」

とのことだ。かわいらしくおねだりされたので、彼女の希望を裏切り、ボクは後ろに座ろうと思う。こう見えてボクは好きな女の子に意地悪をするタイプの人間だ。

そして、ボクたちの順番がきた。スライダーに二人用の浮き輪をセットする。

まあ、予想通り、姫城さんは流れる水の勢いを目の当たりにして、その場で萎縮し、立ちすくむ。

「様々な角度から検討した結果――やっぱり、帰る！」

「なら、このまま滑って帰りましょう」

ボクは逃げようとする彼女を捕まえて、浮き輪の上に座らせる。

「ちょ、ちょっと！　私、後ろって言ったよね！　後ろっていたよねぇ〰〰っ！」

テンパる姫城さん。ボクはそんな彼女の言葉をスルーして、姫城さんの後ろに座る。

「神様、どうか私をお守りください！」

そんな彼女は観念したのか、すっと大人しくなり、ブルブル震える手を組んで、天にいる神様に祈りはじめる。

ウォータースライダーを滑るだけなのに、オーバーな人だ。

「王寺君……」

こちらを振り向く姫城さん。

……か、顔が近い。

そんなボクは、恥ずかしさのあまり、涙目の彼女からそっと視線をそらす。

「な、なに？」

「お腹をぎゅっと抱きしめて……欲しい」

真っ赤な顔で懇願された。

少し躊躇ったが、ボクは彼女の細いお腹に手を回す。

「こんな感じ？」

「……もっと、もっとぎゅっとして……」

「これでどう？」

「もっと、もっとよ！」

そこまで言われたなら仕方がない。

「これでいいっ！」

ボクはぎゅっと姫城さんのお腹を抱きしめる。

「――あぁっ！」

え？　い、今、いやらしい声を出した？？？

え？　ええ？　今、ギャラリーがいる前であえぎ声を出した？？？

「あっぅくっ……。ちょ、ちょっと！　どこを触っているのよぉ！」

「えぇええぇ〰〰っ！」

り、理不尽だな、おい。

天地神明に誓うが、お腹以外の部分はまったく触れていない。

「お腹をにぎにぎせずに、もっと密着するのよぉ！」

「……これでよろしいですか？」

「……うん」

これ、結構ボクたちは真面目にやっているつもりなんだけど、周りのギャラリーには、バカップルがイチャついているようにしか見えてないのではないだろうか？

だとしたら、ちょっとヤダな……。

「準備はＯＫ？」

と、職員のお姉さんがフランクな口調で尋ねてくる。

ボクたちはお姉さんにコクリと頷く。

ボクはドキドキしていた。姫城さんも違う意味でドキドキしているだろう。

そんなことを考えていたら、風に揺られて、ふわっといい匂いがボクの鼻孔を刺激する。

これが、姫城さんの髪と身体の匂いかぁ……。

やっぱり、トウカさんと同じ、石けんの甘い香りがする。

赤いランプが点滅し、隣の緑ランプが点灯する。

「それでは、レッツゴーッ！」

お姉さんのかけ声とともにボクたちは発進した。

飛び出した瞬間、顔面に水がダイレクトに当たる。

「きゃやあああああああああああああああ！　いやぁあああああああああああああああああああああああっ！」

う、うるさいな……。

正直、ウォータースライダーは思っていたよりもスピードもなく、左右にぶんぶん振り回される訳でもなければ、斜面も想像していたより、緩やかなのでまったく怖くない。なんだよ『日本一の経験』なんて謳（うた）い文句だったけど、はっきり言って肩透かしもいいところだ。そう、ウォータースライダーの感想を一言で述べるなら……がっかりだ。

「あ、あっ！　ああっ！　きゃ、だ、ダメダメ！　いやあああっ！　ホントだめぇ！」

はっきり言うと、前の女の子の叫び声の方が怖いぐらいだ。

「はやい！　はやい！　スピードですぎっ！　ヤバいよ、ヤバいよっ！」

あんたは出川哲朗（でがわてつろう）かぁ！

心の中でツッコミを入れている間に、下にたどり着き――ザッバンと水面に落ちた。

「あぁぁ〜〜っ！　み、水飲んだ！　水飲んだ！　もう、二度と乗らない！」

立ち上がり、ストレス発散のために、ボクをまたポコポコと殴る姫城さん。

「いたい、いたい、いたたい……。八つ当たりはやめてください」

ボクはまったく怖くなかったのだが、彼女にとっては涙目になるぐらい恐ろしい体験だったようだ。

これだけ怯えて貰えたら、ウォータースライダーを設計した人物もさぞかし満足だろうな。

「いい、経験が出来てよかったですね！」

満面の笑みで、疲労困憊な彼女にサムズアップを向ける。

「もういやぁ！　もう、絶対に乗らない！」

「もう一度、行きます？」

「──外道王子！　君とは死んでも乗らない！」

とのことだ。

ボクは姫城さんの手を引き、プールから上がる。

すると水着のフリルを揺らしながら、春音ちゃんはパタパタとこちらに駆け寄ってくる。

「お兄さん〜〜っ！」

ボクに勢いよく飛びついてくる春音ちゃん。

そんな彼女をそっと胸で受け止める。

「春音ちゃん、危ないよ」

「ごめんなさいです」

ニコニコと人懐っこい笑顔をボクに向けてくる。

相変わらず、かわいらしい子だな。

「お兄さん、ウォータースライダーの感想を聞かせて欲しいです！」

「ウォータースライダーの感想か……」

ボクは精根尽きている姫城さんをチラリと一瞥し、

「……うるさかった、かな」

と、素直な感想を口にした。

だって、まだ耳がキンキンしているんだもん。

＊＊＊

プールを堪能したボクたちは予定通りの時間帯に切り上げることにした。

そして、ボクたち男組は先に着替え終えたようなので、更衣室の出入り口付近で女性組が出てくるのをおとなしく待機していた。

「ああ〰っ！　疲れた！」

明日は間違いなく筋肉痛だろうな。

「結構、泳いでいたもんね」

「……今日はぐっすりと眠れそうだ」

くたびれているボクとは対照的にたかきゅんはぴんぴんしていた。

伊達にサッカー部のエースを張っている訳ではないようだ。

そんなボクはポケットからスマホを取り出し、メッセージアプリを開く。

そして、自宅でたぶんおとなしくして待っているであろう、トウカさんに【今から帰ります】とメッセージを送った。

スマホの画面に既読が付き、どこかで見た白いカエルのキャラクターのスタンプが返ってきた。

「両親かい？」

「いや、違う」

「そうなんだ。なら、誰だい？」

なんか、やたら、詮索してくるな……。

「……未来の嫁」

「へぇ？」

「冗談だよ」

「そ、そう。まあ、俺から君に一つだけアドバイスしておく。浮気するなら死ぬ覚悟でやりなよ。冬花はかなり嫉妬深いから……」

とのことだ。

「安心しなよ。ボクは姫城さん一筋だから」

「……君って、時々恥ずかしげもなく、真っ直ぐな言葉をチョイスするね」

「それはお互い様。後、ボクからもアドバイスしておいてやる。香奈子も嫉妬深いから、浮気するなら決死の覚悟でやりなよ」

「安心して欲しい。この前、火のついた、油風呂に入れられそうになった」

「……何しているの君たち？？？」

「まあ、誤解なんだけど……色々あって……」

バカな会話をしていたら、出入り口から、着替え終わった姫城さんたちが現れ、こちらに駆け寄ってきた。

そして、姫城さんは少し申し訳なさそうな表情でボクたちに頭を下げる。

「ごめんなさい。道が混んでいるらしく、クルマが到着するのは一時間後になるみたい」

タダで送迎して貰う立場なので、文句など一切ない。

むしろ、手間をとらせて、申し訳ない気持ちの方が大きい。

後で運転手のメイドさんには自販機で買ったコーヒーでも差し入れしてあげよう。

「気に病む必要はないですよ。それよりも時間をどうつぶします？」

「ファミレスでもあればよかったのだけれど……」

残念なことにクラウン・ワールドの近くには時間をつぶせるような場所はない。

時間をつぶせそうな場所は、この施設内にあるビリヤード台と小さなゲームセンターの二つがある。

みんな、もう一度、水着に着替えてプールで遊ぶって気分でもないだろう。

つまり、ビリヤードで遊ぶか、ゲームセンターで遊ぶかの二択になるな。

「春音、ゲームがしたいです！」

元気よく手を上げて、ゲームセンターを見つめる春音ちゃん。

ボクも疲れているので、ビリヤードをするよりも、ゲームの方がいいかな。

「香奈子とたかきゅんはビリヤードしてきたら？」

プールでは姫城さんと二人で遊べるようにたかきゅんたちには気を遣って貰った。

なら、今度はボクがこのでこぼこカップルを二人きりにしてやる番だろう。

そう考えたボクは二人にビリヤードで遊ぶことを勧める。

「いいの？」

「ああ、ボクたちはゲームセンターで時間をつぶすよ」

「どうする、たかきゅん？」

「王寺君、悪いけど、香奈子とビリヤードで遊んでくるよ」

「ああ、五十分後、ここで待ち合わせってことで」

二人は笑顔で腕を組み、受付へ向かう。

そんな仲睦まじいカップルを見てボクは思った。

「ああいうのを呉越同舟って言うのかな？」

「お兄さん、それを言うなら、比翼連理です」

「……春音ちゃん。これはボケです。場を和ますジョークです」

ウソです。普通に間違えました。

「王寺君、なら、呉越同舟の意味も当然、答えられるわよね？」

「…………さて、ゲームセンターへ向かいますよっ！」

帰ったら、スマホの辞書で『呉越同舟』の意味を調べよう。

そんなこんなで、ゲームセンターへ来た。

悲しいことに店内はガラガラで、親子連れが一組と女性店員だけだった。

「春音、レーシングがしたいです！」

「五百円までよ？」

「え？」

「無駄遣いはダメ」

「五百円なんて一瞬です！　十分もあればなくなるです！」

姉に猛抗議する春音ちゃん。

そんなお姉ちゃんは妹の不満など右から左へ受け流し、ピンク色のサイフから五百円玉を取り出し、春音ちゃんに渡す。

「春音も自分で、お金の管理がしたいです……」

不満そうな顔をしながらも、五百円玉を握りしめて、両替機へ向かう春音ちゃん。

とぼとぼ歩く義妹を見て、不憫だなと思った。

仕方がない。後でこっそりと、なけなしのマネーを少し分けてあげよう。

そんな姉はクレーンゲームの景品が気になるのか、ガラス越しにぬいぐるみたちをじっと眺めていた。ぬいぐるみを眺める、姫城さんはやっぱり可愛いな〰〰っ！

彼女に見惚れていたら、ポケットから『ピーコン』と音が鳴った。

誰かが、ボクのスマホにメッセージを送ってきたようだ。

ポケットからスマホを取り出し、画面を注視する。

「……あ、夏美さんからだ」

てっきり、トウカさんからのメッセージだと思っていたのだが、メッセージの送り主は姫城家の長女からだった。

この前会った時に、夏美さんとは連絡先を交換した。

それ以来、ちょくちょく連絡を取り合っていたりする。

そんなボクは彼女に返事を返す。

【プールは楽しかった？】

【ええ、楽しかったですよ】

【それはよかった】

そして、夏美さんはどこかで見た、白いカエルのキャラクターのスタンプを送ってきた。

このキャラクターって、姫城家では流行っているのか？

【ところで、白馬君？】

【なんですか】

【妹たちの水着写真を送ってはくれないかぁ？】

ヘンタイから切実なお願いをされた。

【……そんなものはないですよ？】

【はあああぁ!? 水着写真を撮っていないだと？？？　なに、君はヘタレなのか？　普通はスマホに百枚ぐらい収めるだろ？？？】

【普通の人はそんなヘンタイ行為をしません！】

ごく当たり前のことだが、プール内でカメラを持って、水着姿の女の子パシャパシャと撮影しているバカがいたら、そいつはそのまま警察に突き出されても文句は言えまい。

【夏美さんはボクに逮捕されろと？？？】

【妹たちの水着姿はそれだけの価値がある！】

ホント、何を言ってんだこの人は？

【仕方がない。ここは妹たちの私服写真で妥協しよう。さあ、我が義弟よ、妹たちの私服

写真をこっそり撮って、この夏美お姉ちゃんへの貢ぎ物にしなさい！】

とのことだ。この人、本当に兄じゃなくて姉でよかったなとボクは思う。

仮に夏美さんが兄だったら、間違いなく、二人の妹に口を聞いて貰えていないだろう。

【盗撮なんてしません！】

【ヘタレぇ！　残念王子！　貴様には心底失望したぞぉ！】

何が悲しくて、こんなに罵詈雑言を書かれないといけないんだ？

【わかりました。二人から許可を貰えたら送ります】

【それはダメだ！　アタイは二人の自然なショットが見たい！】

わ、わがまま人だな……。

【――でないと化けてでるよぉ！】

【……了解です】

まあ、露出度の高い水着姿って訳でもないし、写真を送る相手も一応は姉だ。

そう、立派なドヘンタイだけど、赤の他人ではなく、一応は実の姉だ。

大問題のような気もしなくはないが、今回はこのヘンタイ姉の片棒を担ぐとしよう。

【ちなみに冬花ちゃんと春音たんはどんな格好をしているかな？　かな？】

【姫城さんは薄手の黒ニットに青い七分丈のジーンズです】

【うっおおおぉぉぉ！　それで、それで、春音たんは？？？】

【春音ちゃんはTシャツとチェックのショートパンツですね】

【ラフだねぇ〰〰っ！　ラフな格好だねぇ〰〰っ！　流石は私の春音たん！】

【あのー？　ボクがやり取りしている相手って、ホントにお姉さんですよね？】

もしかするとどこかのヘンタイ野郎とメッセージのやり取りをしているのではないだろうか？　今まさにそんな疑念が生まれてきてしまった。

【白馬君、是非とも私服の妹たちをフィギュア化しよう！】

この物言い、どうやら、ホンモノの夏美さんで間違いないようだ。

そして、ボクはレーシングゲームを終えて、太鼓のゲームで遊んでいる春音ちゃんの横顔をパシャリとスマホで撮影する。

春音ちゃんは真剣に太鼓を叩いているので、ボクが撮影したことはまったく気がついていない。夏美さんが所望した自然なショットを撮ることができた。

うん、元気よくバチで太鼓を叩いている、春音ちゃんらしい姿を一枚に収められたな。

ボクはその写真を夏美さんに送る。すぐに既読が付き、

【いいね、いいよっ！　笑顔の春音ちゃん、素晴らしいだおぉ！　白馬君、君は撮影の才能があるんじゃない？】

【ありがとうございます】

若干、夏美さんに乗せられている気がしなくもないが、褒められて舞い上がっているボ

クがいた。

【じゃあ、次は冬花ちゃん、いきまひょか?】

【了解】

ボクは夏美さんの指令を遂行するため、そっと姫城さんに近づき、クレーンゲームのぬいぐるみを見つめる横顔の彼女をパシャリとスマホのカメラで撮影した。

そして、その写真を夏美にまた送る。

【おぉぉ～～っ! 我が嫁が、ぬいぐるみに微笑みかけている! 王寺君、ベストショットだおぉぉぉ!】

ボクもベストショットだと思う。後、姫城さんはボクの嫁だ。

【じゃあ、次は冬花ちゃんのお尻のアップをオナシャス!】

【はあ?】

【将来、姫城家を背負う、次女のかわいいケツが見たい!】

【いやいや、無理です! バレたら殺されます!】

【死ぬ気で頑張れぇ!】

【あ、スマホのバッテリーが0になり――】

【ウソつけ、このヘタレぇ～～っ!】

スマホのバッテリーはまだまだ残っていたが、これ以上は夏美さんに付き合いきれないので、ボクはスマホの電源を落とした。

「はぁ〜〜。ホント、すごい人だな……」

大きなため息を吐いて、スマホをポケットになおす。

そして、ぬいぐるみとにらめっこしている姫城さんに近づく。

「欲しいんですか？」

「いえ、別に欲しくはないけど、この子がつぶらな瞳で、私を見つめてくるのよ」

姫城さん、世間ではそれを欲しいって言うんです……。

しかし、この子、変なところで素直じゃないよな。

ちなみに姫城さんが欲しがっているぬいぐるみは白いカエルのキャラクターだった。

「仕方がない。仕方がないわね。ハクガエル君を、我が家にお迎えしてあげましょう」

君、最近ボクの生活に侵食してきているよね……。

そう言って、百円玉を投入口に入れ、クレーンゲームをプレイする。

コミカルな音楽が流れ、姫城さんが操作するレバーと連動し、クレーンゲームのアームがかくかく動く。

「クレーンゲームはよく遊ぶんですか？」

「五年ぶりね。そう、ここで初プレイして以来になるから、今回で二度目」

とのことだ。

「……ここね」

彼女はそう言い、クレーンゲームのボタンを押した。

三本のアームは下がり、白いカエルの頭部をわしづかみする。

「お、取れるんじゃ？」

「――静かにして」

「ご、ごめんなさい」

マジ切れされた。

そして、アームに掴まれた白いカエルはそのまま上へと持ち上げられ、

「――あっ！」

ポロンとアームから外れ、元の場所に落ちた。

これあれだ。一番上まで上がるとアームが緩む仕様になっている。

ボクの推測通りなら、このぬいぐるみをゲットするのは至難の業だぞ。

姫城さんは動じることなく、また、百円玉を投入口へ投下する。

「…………だった……かしら？」

「え？」

姫城さんがぼそりとつぶやいた。

騒音の所為で、よく聞き取れなかったけど、今ボクに何か質問したよな。

「……えっと……ごめん。よく、聞き取れなかった……」

そんなボクの言葉に、彼女は見るからに不機嫌な表情になる。

どうやら、大事な質問だったらしい。

「本当にごめんなさい。よければもう一度、言って貰える？」

「……だから……私の……水着はどう……だった？」

気恥ずかしいのか、姫城さんの顔がほんのり赤い。

そして、それを悟られたくないのか、彼女はボクから顔を背け、ターゲットのぬいぐるみをじっと見つめ、平静なフリをする。

思い返してみれば、口に出して彼女の水着姿を褒めてなかったことに今気づく。

これは彼氏として大失態だな。

「……姫城さん」

「なによ？」

「大事にしていた白森雪の写真集をゴミ箱に捨てます！」

白森雪とはボクたちと同世代の大人気アイドルの名前だ。

姫城さんに負けず劣らずのナイスバディで、白森雪の写真集が販売されるたびに、書店へすぐ買いに行くぐらい、ボクは彼女の大ファンだったりする。

「どういう意味？」

「今日、ボクは青春を捧げてきた雪ちゃんよりも、とても素晴らしいものに出会うことが出来ました。そう、それは姫城さん――あなたです！　ボクはあなたの水着姿に御礼を――いたいぃっ！」

何故か、チョップされた。

「性欲のはけ口としている女の子と同列に扱わないでくれるかしら」

「はけ口って……。ボクは雪ちゃんの水着写真集を拝観して『ああ〜〜っ！　こんな子と夏のバカンスを過ごしたいな〜〜』と寝る前に想像しているだけです！」

神に誓って断言するが、雪ちゃんをよこしまな目で見たことはない。

「エロい妄想をしているじゃない……」

「……でも、姫城さんの方がエロいです！」

「はっ倒すわよ！　……どちらにせよ、その褒め方は――五十点よ！」

「お、おう……」

この褒め方は間違いらしい。

「……姫城さん、また今日の水着を着てくれますか？　出来れば海でも見たいです」

「…………考えておくわ」

どうやら、こちらの褒め方の方が正解だったようで、しかめっ面の表情から、一瞬だけ口角が緩み、微笑を浮かべたのをボクは見逃さなかった。

百点満点の回答ではなかっただろうけど、少しは姫城さんの琴線に触れたようだ。

と、そんなやり取りをしている間に、クレーンゲームのアームから、またぬいぐるみがぽとりと落ちる。

「――くっ！　ふふふっ……。まあ、時間はまだある。気長に勝負を楽しみましょう」

そして、彼女はサイフから百円玉を取り出し、再チャレンジをする。

「…………」

悲しいことに、この後の展開が読めてしまうボクがいた。

そして――三十分後。

――パンッ！

「あっ！　台をパンしない！」

「だってだって！　千円使ったのよ！」

「だから、言ったじゃん！　一万円使った時点でやめようって！」

残念ながら、一万円を使っても、ハクガエル君をゲットするには至っていない。

そんな姫城さんはやめどころを見失い、クレーンゲームにのめり込んでいた。

これはあれだな、ギャンブルとかさせてはいけないタイプだな、この子。

「王寺君、両替してくるから、このハクガエルが他の人に取られないように見張りをしておいてぇ！」

「……了解」

どうやら、まだ挑戦するらしい。

後、心配しなくても、このかわいげのないカエルなんて誰も欲しがらないと思う。

「まだ、やっているですか？」

ゲームを遊び終えたのか、あきれた表情をした春音ちゃんがひょこと現れる。

「抜け出せなくなっているよ」

「春音は五百円だったのに……。ああいうのをダブスタって言うのです」

「おっしゃる通りです」

ホントに言い返す言葉がないや。

……冬花ねぇ、君がバカなことをしている間に、妹の好感度がだだ下がりしているぞ。

「いっぱいお金を使ったんです。店員さんに取りやすい位置へ動かして貰うです」

「ボクもそう進言したんだけど、断固拒否された」

意地でも他人の力を借りず、自力でゲットしたいようだ。

ちなみに色々とアドバイスしたんだけど『集中出来ないから、黙っていてぇ！』と怒られた。それからボクは律儀に沈黙を貫いている。

「あきれた姉です」

そう言い、カエルのぬいぐるみを冷めた目で見つめる春音ちゃん。

姉がじゃぶじゃぶお金を使って、自分は五百円だけなのはおもしろくないよな。

「…………春音ちゃん、このお金で遊んでおいで」

――バリッバリバリバリッバリバリバリバリッッ！

「お、お兄さん……そのサイフ……」

「うん？」

「か、かっこいいです！」

とのことだ。

どうやら、この子だけはボクと同じで、オシャレの真髄をよく理解している、真のオシャレ子のようだ。

「ボクが思うに、五年後には全世界で、マジックテープのサイフが大流行しているはず」

「おおっ！　お兄さんはずっと先に生きているのです！　先見の明があるです！」

「まあね。時代を先取りしすぎて、凡人たちには理解して貰えないけど。と、そんなことより……はい、お兄さんから、春音ちゃんへおこづかい」

ボクはサイフから千円札を取り出し、春音ちゃんへプレゼントする。

「……いいんですか？」

「もちろん」

「わーいっ！　お兄さん、大好きです！」

春音ちゃんは大喜びし、ボクの胸へ飛び込んできた。

お、おおっ！　なんだろう？　なんなんだろう？　この子になら、いくらでも貢げる気がするぞ？　例えば十万円のカードを買って欲しいと強請られたら、ボクは間違いなくATMから十万円を下ろして、カードショップへ買いに走るだろう。

そんな春音ちゃんは何か言いたげな表情でボクの顔をじっと見つめる。

「どうかした？」

「……お兄さんは夏美ねぇに似ているです」

「――え？」

「むかし、このゲームセンターで、夏美ねぇにおこづかいを貰ったことがあるです。その時の夏美ねぇの表情とお兄さんの今の表情が重なったです」

「…………」

何か言わないといけないはずなのに……言葉が何も出てこなかった。

この小さな身体に、どれほどの悲しみと辛さを抱えているのだろうか。

まだ、小学生のこの子が、遠くない未来、姉とお別れしなければならない事実に胸が張り裂ける気持ちになった。

そう考えたら、気休めの言葉など出てくるはずがなかった。

「あ、そうだ。お兄さんにお礼を言わないといけないです。春音の誕生パーティーに協力してくれてありがとうです」

春音ちゃんはボクにぺこりと頭を下げ、お礼を口にする。

「夏美ねぇも喜んでくれたです。逃げずにバイオリンを演奏して、本当によかったです」

「……そっか」

本来の世界線の春音ちゃんの誕生パーティーは彼女本人が家出をした事によって、中止になったらしい。

……未来の春音ちゃんはさぞかし無念と後悔に苛まれただろう。

ボクはトウカさんに感謝しないといけないな。この目で屈託のない笑顔を向けてくれる、この子が苦しむ世界線を少しでも回避できたことに。

「そんな、お兄さんに春音からアドバイスです」

「アドバイス？」

「ここで、お兄さんがぬいぐるみをゲットするのです！　そうすれば、冬花ねぇもお兄さんを好きになるです！」

「なるかな？」

「想像するです！　華麗にぬいぐるみをゲットして、それを冬花ねぇに渡す自分をです」

ボクは想像した。ぬいぐるみをゲットして、それを姫城さんに渡す自分を……。

「……キスされて、おっぱいを揉んでもいいと許可されたよぉ！」

「ひ、飛躍しすぎです。飛躍しすぎですが、ほっぺにキスぐらいはされるかもです！」

「おっおおおおっ！」

そう言われたら、俄然やる気がでてきたぞぉ！

「さあ、お兄さん、レッツ・プレイです！」

ボクはなけなしの百円玉でクレーンゲームに挑戦することにした。

これで、ボクのサイフの中身は残金十二円……。

「お兄さん、クレーンゲームの経験はあるですか？」

「実はこれが初めて」

「意外です」

そう、意外なことにクレーンゲームは今まで一度たりともプレイしたことがない。

クレーンゲームをするぐらいなら、コンビニの一番くじか、ガチャガチャに金を払うほうがよっぽど建設的だとボクは思っている。なにせ買えば必ず何かが当たるからな。

とはいえ、今回はその価値観を棚に上げ、愛しのハニーのためにこの百円玉で勝負してやる。ボクは百円玉を投入し、レバーを操作する。

「……頭と王冠の間に僅かな隙間がある。そこを狙えば――」

「一発で狙い通りの場所にアームを刺したです！」

そして――。

「おおっ！　すごいです！　すごいです！　百円でぬいぐるみをゲットしたです！」

まさか、一回のチャレンジでゲット出来るとは……。

ふっ！　どうやら、また一つ自身の才能を発見してしまったようだ。

「お兄さん！」

「春音ちゃん！」

ボクたちは——。

「ウェーイ！」

「ウェーイです！」

ハイタッチした。

「おっ！　お兄さん、冬花ねぇが帰ってきたです！」

ボクは咄嗟にゲットしたハクガエル君を背中に隠す。

近くまで来たら、ゲットしたぬいぐるみを見せて驚かせてやろう。

そして、姫城さんがボクの隣に立つ。その手にはメダルカップに入った山盛りの百円玉があった。この人……いったい、何回プレイをするつもりなんだ？？？

「姫城さん、姫城さん……」

ボクは彼女の肩をちょんちょんと軽く指でつつく。

「なに？」

「――ジャジャジャジャ――――ンッ！　ぬいぐるみ、ゲットしましたぁ！（ドヤァ！）」

ボクは背中に隠していたぬいぐるみを高らかに掲げた。

「はい！（ドヤァ！　ドヤァ！　ドヤヤァァ！）」

ボクはそのぬいぐるみを姫城さんに差し出す。

すると、彼女はボクが手にしているハクガエル君と空になったクレーンゲームを何度も何度も交互に見つめ、震える手でハクガエル君を指さす。

「え？　ええ？　………もしかして、ぬいぐるみゲットしたの」

ボクは彼女の前に跪き、

「愛しのハニーッ！　百億本のバラをプレゼントすることが出来ない、不甲斐無いボクを許して欲しい（キリィ）」

ボクはそう言い、右手から一本の真っ赤バラをポンと出す。

姫城さんはそんなボクのかっこいい言葉にぷるぷると震え、顔を真っ赤にする。

ふっ！　どうやら、感動のあまり言葉もでないようだ。

そして、ボクはその赤いバラを彼女に差し出――。

「――――この略奪者！」

「――へぇ？？？」

……聞き間違いかな？　ボク今この人に、略奪者って言われた？？？

正直、十六年生きてきたけど、略奪者なんて面と向かって言われたのは今日がはじめてだ。と、そんなことよりも、ぷるぷる震えていたのも、顔を真っ赤にしていたのも、喜んでいた訳ではなく、余計なことをしたボクに激怒していたということなのか？

「そのぬいぐるみは私がゲットする予定だったのにぃ！」

子どものようにその場で、地団駄踏む姫城さん。

その姿はまさに憤怒、まさにマジギレ、まさに激おこぷんぷん丸だった。

「………ごめんなさい（ショボーン）」

「私、あなたに見張りを頼んだけど、ぬいぐるみを取れと指示した覚えはないわっ！」

自分では姫城さんの怒りを収めることが出来ないと判断したボクは、実妹である春音ちゃんに助けを求めることにした。そんなボクは春音ちゃんがいた場所を振り向く。

「………え、あ、ああ……あああ……。は、春音ちゃん助け――」

「あれ？　あれれ？　は、春音ちゃん！」

振り向いた先に春音ちゃんはいなかった。

あ、いつの間にか、知らない女の子と楽しそうにエアホッケーで対戦しているぅーっ！

なんて要領いい子だ。身の危険を感じて瞬時にエスケープした。

「戻してぇ！　ぬいぐるみを元の場所に戻してぇぇ！！！」

「て、店員さぁ～～～～んっ！　ＳＯＳ！　えすうおえええぇすぅぅうううぅぅう！」

＊＊＊

「お帰り、はーくん」

我が家の玄関を開けたら、エプロン姿のトウカさんがボクを迎え入れてくれた。

「お疲れみたいね」

ボクの憔悴した表情を見て、苦笑いを浮かべるトウカさん。

「へへへぇ……。疲れましたが、エプロン姿のトウカさんを見たら、元気が戻りました」

「ふふふっ。そういうセリフは六年早いわね」

とのことだ。では、六年後、好きなだけ言わせて貰うとしよう。

「……ところで、はーくん？」

「なんです？」

「どうして、おでこに『略奪者』って書いているの？？？」

「………ノーコメントで」

ＪＫ時代のあなたに罰として、書かれたとは恥ずかしくて言えない。

「プールは楽しかった？」

ボクはスマホの画面をトウカさんに見せる。

「おっ！　春音とわたしがハクガエル君を抱きしめているわね」

スマホの画面には、色違いのハクガエル君を胸に抱いて、笑顔で映る二人がいた。

結局、姫城さんはこの抱きかかえているぬいぐるみをゲットするのに二万円が消えた。

後で、無駄遣いしてと両親に叱られたりしないのか、少し心配だ。

「この写真も後で夏美さんに送ろうと思います」

「ありがとう。そうしてあげて」

きっと、彼女も喜んでくれるに違いない。

「とりあえず、夕食を食べましょう。はーくん、手を洗ってきなさい」

「了解」

そして、トウカさんはくるりと反転し、リビングへ足を向ける。

トウカさんの格好は奇しくも今日の姫城さんと似た格好をしていた。

そう、紺色のニットセーターに青いジーンズ。

ボクはそんな彼女の後ろ姿を見て思った。

「なるほど、あれが……将来、姫城家を背負う、次女のお尻か……」

確かに、夏美さんの言う通り、大変素晴らしいむっちりお尻だ。

「仕方がない。お尻の写真も送ってやるか」

そう考えたボクはスマホのカメラをトウカさんに向け、パシャリとするのだった。

姫城トウカ　レミニセンス3

姉がこの世を去って、もうすぐ一年になろうとしていた。

そんな私は一人で、姉の墓の前に立っていた。

「……やっぱり、もう……どこにもいないのね……」

頭ではわかっているつもりだったけど、こうして墓を目の当たりにしたら……認めざるを得ない。ああ、あなたは、もうこの世界のどこにもいないのね……。

「ごめんね。ずっと来なくて……」

言い訳だけど、情けない顔をして、ここに来るわけにはいかなかったんだ。

でも、今日は夏美姉さんが、喜ぶニュースをたくさん持ってきたからね……。

「積もる話もあるけど、まずは掃除ね」

そして、私は一人黙々と姉の墓掃除をした。

お墓は私がイメージしていたよりも、汚れてはいなかった。

きっと、母かメイドの誰かが、こまめに墓参りに訪れていたのだろう。

ずっとほったらかしにしていた、私が言っても厚かましいだけだが、誰かがちゃんと墓守をしてくれていたことに少しだけ安堵した。

帰ったら、墓守をしてくれた人にちゃんとお礼を言わないといけないわね。

姉が一番好きだった、黄色いひまわりの花を水鉢に入れ、好物のプリンをお供えする。

「輸入品のひまわりで申し訳ないけど……」

そして、ライターでお線香に火をつけ、墓に向かって手を合わせる。

「姉さん、みんな元気やっているよ……」

この言葉は姉には届かないだろう。

きっと、これは空虚な行為でしかないのかもしれない。

だけど、それでもこうして、手を合わせることが、生者である私たちが、死者になったあなたに唯一出来る行為だと私は思っている。

姉さん、今日はあなたに謝罪しなければならないことが多くあります。

私たち家族はあなたとの約束を破りました。

私たち家族はあなたの死を冒涜しました。

私たち家族はあなたの死から何も学ぼうとしませんでした。

私たち家族はあなたの死を言い訳に、ずっと敗北し続けました。

あなたがいなくなってからの一年は本当に大変でした。

『――恐ろしい洞窟にこそ宝が眠っている』

夏美姉さんがよく言っていた言葉だよね。

その言葉通り、責任の恐ろしさと大事なものを見つめ直す一年だったよ。

ですが、私たち家族はちゃんと反省し、心を入れ替えました。

ずいぶんと遠回りしましたが、本当に大事なものにたどり着くことが出来たと思います。

なので、もう一度、私たち家族にチャンスをください。

今度こそ、あなたとの約束を私たちに守らせて欲しい。

だって、この一年で私は責任と義務の重さを知ったから……。

そして、責務の先にこそ本当の宝が眠っていました。

それが、この艱難辛苦の果てにたどり着いた、私たちの答えです。

「……春音、ちゃんと今はバイオリンの演奏をしているよ」

あの日の誕生日から、バイオリンを見るのも嫌がっていたあの子が今は楽しくバイオリンを演奏している。

父さんも母さんも離婚寸前まで、いったけど……今はすごく仲がいいよ。

信じないと思うけど、あの二人が肩を並べて、この前デートしたんだよ。

敬のバカも元気にやっている。

彼女にプレゼントを買うために、今は必死でアルバイトをしているよ。

「後ね……姉さん、私ね……今好きな人がいる」

結局、春音がバイオリンを演奏するきっかけも、仲違いしていた両親の仲を取り持ったのも、ケンカをしていた幼馴染みと仲直り出来たのも――全ては彼のおかげだ。

情けないことだけど、私の力だけではここまで上手くことは運んでいないと思う。

でも、それでもいいと思えた。

くだらない誇りよりも、本当に大事なものを私は見つけた。

大事なものの為なら、自分のプライドなどどうでもいいと思えた。

「その人、名前にコンプレックスがあってね、優しくて、おもしろくて……どこか姉さんと似た人なんだ」

だから、私は元気でやっているから、心配しないでね……。

「姉さんにも会って欲しかったな……私の好きな人に……」

きっと、似たもの同士だから、すぐに意気投合するんだろう。

私はありもしない妄想をした。

彼を紹介して、飛び跳ねて喜ぶ姉を想像してしまった。

白馬君が、手品を披露して、大喜びする姉を考えてしまった。

――それは叶わぬ夢だ。

――あり得ない願いだ。

「……やっぱり、少し寂しい、な」

彼と出会ってから、ずっと叶わぬ幻を追いかけている。

今以上の幸せを求めている。

「また来るね……」

次は彼も連れて来よう。

私は墓石に軽く手を振り、彼女に背を向けた。

第三章　ボクと姫が作るストーリー

明後日でゴールデンウィークが終わる。

いつものボクなら、あたふたするか、明日が来ないように手を組んでお星様へお願いをしているところなのだが、今はそんなバカなことに興じている場合ではない。

そう、一日が過ぎるということは、否応なく、トウカさんがこの時代に滞在出来るタイムリミットが迫っていることを意味する。

この七日間のトウカさんは、姉である夏美さんの病室へ足繁く通っていた。

トウカさんの視点で見れば、もう会うことが出来ないと思っていた姉との再会だ。

語っても語りきれないほど、伝えたいことが山のようにあるだろう。

だが、その結果、彼女の胸に刻まれた数字は『2』になっていた。

きっと、夏美さんに未来の出来事を語ったから、ペナルティとして、数字が減ったのだろう。

残念なことに、ルール上、胸の数字が増えることは絶対にないらしい。

つまり、どんなことがあっても、明日の夜には、この奇跡の時間も終わりを迎える。

それは彼女が一番理解しているだろう。

だからこそなのか、今日の料理はとても豪華だった。

まさか、お祝いでもない日にすき焼きが食べられるとは思いもしなかった。

しかも、この牛肉……松阪牛(まつさかうし)だ。

恥ずかしいことだけど、生まれてはじめて、木箱に入った肉を目にした。

知らなかった、お肉って食品トレー以外に包装してもいいんだ……。

トウカさんはテキパキとした動きで、すき焼きを食べるための準備をする。

「なに？」

「いや、慣れているな、と」

「これでも若妻ですからね」

あの壊滅的な料理スキルの持ち主が、六年後にはプロの料理人顔負けのレベルになるなんて、家の両親以外は信じないだろうな……。

「まあ、人様に食べさせられるものを作れるようになったのは、ここ最近だけどね」

「そ、そうなんだ……」

つまり、学生時代の間は、あの破壊兵器を、ボクは食べ続けなければならないということなる。うう、想像しただけで、胃が痛くなってきたな……。

「トウカさん、ちなみに、この肉は？」

「姉さんからのプレゼントよ」

とのことだ。明日、夏美(なつみ)さんにお礼を言わないといけないな。

そして、テーブルの上に、カセットコンロをセットして、その上にすき焼き用の鍋が置かれる。

牛脂を鍋に落とす。鍋からじゅじゅと食欲をそそる音がなる。

気のせいだと思うが、いつもりより、五割増しで、いい匂いがしているように感じた。

「さて、牛さんを入れ――」

「――待って！　入れる前にスマホに保存する！」

なんせ、五百グラムで、七万円する肉だ。

悲しいことに、もう二度と口にすることは出来ないだろう。

そう考えたら、写真に収めないといけない気がした。

そして、ボクはパシャパシャと赤い牛の肉を撮影する。

「はーくん。ついでにこのひまわりの花も撮影してよ」

トウカさんはそう言って、テーブルの端に置かれてある花瓶に飾られた一輪のひまわりを指さす。このひまわりの花、トウカさんが本日どこからか入手してきたらしい。

しかし、この時期にひまわりの花って珍しいな。

ひまわりの花なんて六月からじゃないと花屋に並んでいないはずなんだけど。

海外の輸入品か、温室栽培で育てた花かな？

「両親にバレたら、うらやましがられるだろうな」

だって、いつも食べている牛肉と値段のケタが違う。

この世に七万円もする肉が存在していたなんて、ホントに知らなかった。

「オーバーだな。年に一回はこれからも食べられるのに……」

呆れた表情で、ボクを見つめるトウカさん。

後で、香奈子に自慢してやろうかな……。

そして、肉を焼き、割り下を投下する。

「うひゃあああっ！　なになに、この匂い？　マジでサイコーじゃん！」

「ふふふっ……。喜んで貰ってよかった」

トウカさんは野菜、焼き豆腐、しらたきの順に鍋に投入する。

「もう少しで出来るわ」

そう言って、彼女はボクに白い玉子を渡してきた。

ボクはその玉子を割り、小鉢に落とし、かき混ぜた。

「結局、ひと月に満たない滞在期間だったわね」

寂しそうな表情で、彼女はカレンダーを見つめながらつぶやく。

トウカさんはこの世界へ来た目的は果たせたのだろうか？

彼女の表情を見ても、目的を果たしたのかを読み取ることは出来なかった。

まあ、聞いてもどうせ教えてくれないだろう。

だから、ボクは聞かないことにした。きっと上手く行ったのだと信じることにした。

「ほら、はーくん、お肉食べなよ」

そう言って、鍋から牛肉を取り出し、ボクの小鉢に入れる。

ボクはその肉をぱっくと口に入れた。

「――――――っ！」

言葉などいらなかった。ただただ美味しかった。

「こんなやわらかいお肉を食べたのは、今日がはじめてだ」

「大げさだな……」

「いや、大げさじゃないです！　ホントにはじめてだ」

「ほらほら、どんどん食べて」

ボクのそんな言葉に気をよくしたのか、出来上がった牛肉をボクの小鉢に入れてくる。

「わたしはこれが本命だから……」

トウカさんはそう言い、冷蔵庫から、ビールを持ってきた。

「お酒……飲むんだ……」

すっかり忘れていたけど、この目の前の人は二十歳を過ぎた大人だった。

だから、お酒を飲んでも、なんら違法ではない。

「毎日は飲まないわよ」

確かに、この家に来て、お酒を飲んでいたことは今までない。

「年に数回だけ、ね」

何故か、ウィンクされた。どうやら、お酒が飲めることが、うれしいようだ。

そして、彼女はビールの缶を開け、コップに注ぎ、そのままゴクゴクと美味しそうに飲む。なかなか、豪快な飲みっぷりだな。

「ぷはぁ〰〰っ！　やっぱり、美味しいわね……」

我が家は父が下戸で、母親も滅多に飲まない。

だからなのか、この家で誰かがお酒を飲んでいる光景は新鮮だった。

「はーくんがいる時以外は絶対に飲まないって約束だけど、ここに、はーくんがいるから問題ないわよね」

未来のボクとの約束をニコニコと饒舌に話すトウカさん。

「…………」

なんだろう。ボクの第六感が『危険』だと訴えてきているんだけど……。

＊＊＊

腹ごしらえを終え、夕食の片付けを済ませたボクとトウカさんはリビングで、大富豪をしていた。手品以外の目的で、トランプを使うのは久々だな。

だから、今ボクは純粋に大富豪を楽しんで――――ごめんなさい、ウソです！　現在のボクは大ピンチです！　――誰か助けてください！

そう、今ボクはトウカさんにイジメられていた。

「はい！　わたしの勝ち！　はーくん、早く服を脱いで……」

とのことだ。ちなみに彼女の手には数枚のトランプが残っている。

そう、彼女は上がってすらいない。唐突に勝利宣言された。

「あ、あのー？　その手札は？」

恐る恐る、震える手で、トウカさんが手に持つトランプを指さす。

するとと彼女はギロリとボクをにらみつけ、

「あん？　なにか文句があるのかしら？」

「い、いえ！」

「なら、早く脱ぎなさいよ！」

バンバンとテーブルを叩く、トウカさん。

終始こんな感じで、トウカさんはワガママ気ままのやりたい放題だ。

もちろん、最初はボクも抵抗したが……まあ、ボクみたいなザコではこの暴君に抗える訳などなく、見事に従属することとなった。

「酒が足りないわね……」

しかし、顔を真っ赤にして……どう見ても、完璧に酔っているよな。

百人が見れば百人、今のトウカさんを酔っ払いと認定するだろう。

仕方がないので、ボクは右足の靴下を脱いだ。

ちなみに野球拳のように、負けた方が、服を脱ぐなんてルールは最初にはなかった。

いつの間にか、この酔っ払いが、勝手にルールを増やしてきた。

ボクは後悔していた。どうして、一缶目でやめるように言わなかったのかと、心から後悔した。

「ぷはぁ〰〰っ！　さあ、次の勝負よぉ！」

もはや、ビールをコップに注がず、そのまま缶ごとワイルドにグビグビ飲むトウカさん。

テーブルにはビールの空き缶が六つも並んでいる。

未成年でお酒なんて飲んだことがないから、よくわからないけど、この量はけっこう飲んでいる方なのではないだろうか？

とにかく、これ以上、この飲んだくれに、お酒を飲ませる訳にはいかない。

そう考えたボクは勇気を持って、彼女に注意することにした。

「トウカさん、今飲んでいるので終わりです！　それ以上は飲まないでください！」

「わかってる。わかってるわよ……」

そう言いながら、新しいビールの蓋を開ける。

なるほど、未来のボクが自分以外の前では酒を飲まさないと約束させたことがよく理解できた。――この人、めちゃくちゃ酒癖が悪い！

「ほら、はーくん、シャッフルしなさい」

「……服を着てはダメですか？」

「ダメです！」

「そうですか……」

ちなみにパンツとズボンと左の靴下の三点を取られたら、ボクはすっぽんぽんになってしまう。

そして、ボクとは正反対に彼女の服は変わらず紺色のニットセーターに青いジーンズだ。

つまり、未だに一枚も服を脱いではいない。

……十六年生きてきたが、ここまで理不尽なゲームに付き合わされたことは一度たりともない。

「早く、シャッフルしなさいよぉ〜〜〜」

「…………」

正直に言えば、今の状況に少しムカついている。

なので、今回はボクが勝たせて貰う。

ということで、わざとボクの手札が有利になるようにイカサマをした。

先攻でそのまま逃げ切ってやる。一枚もカードを場に出させないぞ。

「では、負けたボクからでいいですよね」

「仕方がないわね。先攻は譲ってあげる」

そして――。

「ボクの勝ちです。さあ、もう、寝ましょう」

ズルしたので、当然ながら、今回の勝負はボクの圧勝だった。

文句を言ってくるかと思っていたけど、トウカさんは意外と大人しかった。

しかし、そう思っていたのもつかの間で、

「……なるほど。私は負けたのか……。はーくん、脱ぎなさい！」

「なんでやねん！　ほら、立って、部屋へいきますよ！」

このまま大富豪をしていても、終わりなき戦いになりそうだ。

そう悟ったボクは寝室まで彼女を連れて行くため、椅子から立ち上がり、トウカさんの腕を掴む。すると彼女は――。

「――いいから、脱げぇ！」

本気で抵抗してきた。

「あっ！　ちょ、ちょっと！　ズボンを引っ張らないでぇ！」

「うるさい！　私は今はーくんの裸が、無性に見たいのぉ！」

そう叫びながら、ボクのズボンと靴下をはぎ取る。

「ああぁっ！　このエッチ！　スケべぇ！　ヘンタイ女！」

とうとう、パンツ一枚になってしまった。もう、なんだよ、この誰得な展開は……。

結局、負けても勝っても、ボクが脱ぐのは決定事項らしい。

「げへへへ……。ひと月振りのはーくんの裸だぁ！　あれ？　あれれ？　はーくん、身長縮んだ？」

「──ほっとけ！」

というか、トウカさん、酔っている所為で、ボクを未来の王寺白馬だと勘違いしていないか？

「大富豪はここまでです」

「いやだぁ！　いやだぁ〰〰っ！　まだ遊ぶっ！」

まるで、イヤイヤ期の子どものようにワガママを言い始める。

本当に酒癖悪いな、この人……。

「はぁ〜。じゃあ、最後です。勝っても、負けてもこれがラスト……いいですね？」

「……うん」

まったく、ボクだから、あなたのワガママも聞いてあげられるんですからね……。

最後はイカサマなしで、純粋な勝負をすることにした。

交互にトランプを配り、いざ勝負——。

「じゃあ、わたしからね……。えっと、ハートのエース」

トウカさんがハートのエースをテーブルに置く。この人、いきなり、強いカードを切ってきたな……。

「……パス」

ボクの手札にはハートのエースに勝てるジョーカーが二枚あったが、この場面で出すカードではないと思ったので、パスした。

「じゃあ、8切り……」

大富豪の8切りとは、8のカードが場に出たら、強制的にそのターンを終了するルールのことだ。そう、カードの数字が8ならば出来る仕様だ。

「……あ、あのーっ？　トウカさん……8切りって8じゃないとダメなんですけど？　これ、5です」

そう、彼女が場に出したカードはクローバーの5だった。どう、好意的に解釈しても8ではなく、5だ。

「わたしが、カードを出せば、すべて8切りになるのよ！」

「お、おう……」

まさかまさかの自分ルールで、困惑をせざるを得ない。

というか、初期の遊戯王でも、ここまでひどい俺ルールはなかったぞ。

そんな彼女はばっと急に立ち上がり、

「……トイレ」

「女性にこの質問は無礼極まりないんですが……ゲロですか？」

ボクは恐る恐る尋ねた。もし嘔吐なら、大変だ……。

「はーくんは相変わらず、デリカシーがないわね。……おしっこよ」

その言葉に、ほっとした。嘔吐ではなく本当によかった。

「…………トイレ、行かないんですか？」

何故か、トウカさんはトイレに駆け込まず、その場から動こうとしない。

「……連れて行って……」

「へぇ？？？」

「トイレまで、連れて行きなさい！」

何を言ってんだコイツ？　ボクにトイレまで付き添えと？？？

「ほら、わたしをおぶりなさい！」

「いやです！　ほら、大人なんだから、自分でトイレまで行ってくー――」

「――いやだぁ～～っ！　抱っこ！　抱っこ！　抱っこぉ～～っ！　はーくんはわたしを

「………」

お姫様抱っこするのぉ！」

これって、ボクに甘えているのか？

だとしたら、喜ばなければならないシチュエーションなはずなのに……まったくうれしくない。

「はぁ～～。ほら、肩を貸してあげますから、トイレに行きましょう……」

とりあえず、このままの格好だと恥ずかしいので、ズボンだけは穿いた。

そして、トウカさんに近寄り、肩を差し出す。

「えぇぇぇ～～っ。お姫様抱っこしてくれないの？」

「しません。それよりも、おしっこ漏らしますよ」

「う、うう……。わかった、肩貸して」

まったく世話が焼ける嫁だな……。

そして、ボクはトウカさんに肩を貸し、そのままトイレまで誘導する。

「ちょ、ちょっと！　ち、チクビを触らないでくれます!?」

トウカさんがボクの左チクビをツンツンしてきた。

「えぇぇぇ～～っ。ここ触られるの好きでしょう～～っ！」

「知りませんよぉ！　っていうか、こそばゆいんでやめてくださいっ！」

「そう言って、最後はいつも感じて喜んでいるじゃん！　わたしが、君をそういう肉体に仕上げたんじゃん！」

え？　未来の王寺白馬(おうじはくま)はこの人に調教されたの？

だとしたら、少し複雑なんですけど……。

と、とりあえず、今の言葉は聞かなかったことにしよう。

うんうん。忘れるのが一番だ……。

「トウカさん、トイレを済ましたら、そのまま寝て貰(もら)いますからね」

本当はお風呂に入って歯を磨くべきだと思うけど、それは明日の朝でいいだろう。

とにかく、今はこの酔っ払いをいち早く寝かすのが先決だ。

照明灯のスイッチを押し、ドアを開け、トウカさんがトイレに入る。

「終わったら、声をかけてください」

「ダメ！　ここにいて」

「——え？」

「どっかに行ったら……泣くから。えんえん泣くから……」

とのことだ。

ボクは泣きわめくトウカさんを想像する。めっちゃウザ——ではなく、それはシンプルにいやだな。

「……わかりました」

これでも紳士なので、ボクは両手で自身の両耳を塞ぐ。

しかし、今日はぐだぐだな一日だな。

まあ、最後の最後までボクたちらしいといえばらしいか。

そして、塞いだ耳からでも、かすかに水が流れ出す音だけは聞こえた。

トイレのドアノブが回り、彼女が出て――。

「――え？　ええ？　は？　え!?」

信じられないことに、出てきたトウカさんの格好が――下着姿になっていた。

そう、白色に花柄で、大人のセクシーランジェリーだ。

ボクは目をパチパチさせた。

なんでこの人は下着姿なの？　どうして、服を脱いだの？？？

い、意味が分からんっ！

誰か、この状況を理解出来る人がいるなら、是非とも解説して欲しい。

「……服を着てくださいっ！」

ボクは動揺するなと自分に言い聞かせ、冷静に言葉を発した。

「面倒くさい。このまま寝る……」

仕方がない。ここで押し問答するぐらいなら、部屋へ送る方が合理的だな。

観念することにしたボクはトウカさんを部屋に連れて行くことに決めた。

「て、手は洗いました？」

「ちゃんと洗った。わたし、ちゃんと手を洗ったから、頭をなでなでして……」

「……とりあえず、風邪を引く前に、部屋に行きましょう」

ボクは彼女の要求をスルーして、そのまま階段を上がる。

寝室まで到着し、ボクはドアを開けて、

「トウカさん、お休みなさい」

「……ちゃんと寝るから、ぎゅっと抱きしめて……」

酒に酔っているからなのか、今日のトウカさんはめちゃくちゃボクに甘えてくるな。

それとも、ボクとの別れが寂しいのか……。

だとしたら、もう少し優しくしてあげるべきだったかな。

「はぁ〜〜。大人しく寝てくださいよ……」

そう考えたボクは、震える手で、ぎゅっと彼女のやわらかい身体(からだ)を抱きしめた。

若干、酒臭いが、やっぱり、トウカさんはいい匂いがする。

いい匂いがするが、まったく興奮していないボクがいた。

「お休みなさい」

「うん。お休みなさい」

そして、トウカさんの身体（からだ）を離し、彼女は部屋のベッドにダイブした。

ボクは彼女が寝たことを確認し、そのまま扉を閉めた。

＊＊＊

ビールの空き缶などを片付け、トウカさんが投げ捨てた服を回収し、そのままシャワーを浴び、髪を乾かして、ボクは眠りにつこうとしていた。

そう、ボクはベッドに入り、眠りにつこうとしていたのだが、まったく眠れなかった。

眠れない理由が三つある。

まず一つはすき焼きを食べ過ぎて、お腹（なか）がぱんぱんだから。

そして、二つ目は先ほどの光景が頭からまったく離れないからだ。

そう、さきほどボクは強がって、興奮してないと自分に言い聞かせたが――あれはウソだ！　めちゃくちゃ興奮した。

好きな人と同一人物の女の子を抱きしめれば、高揚するに決まっている！　しかもドスケベ下着だぞぉ！　これで興奮しない奴（やつ）がいるなら、是非とも拝みたいもんだ。

……しかし、トウカさんって、すごくやわらかいんだな。

「でも、まあ一番の理由は……」

最後の三つ目は——明日で彼女とお別れになるからだ。

そのことを考えるとどうしても眠ることなど出来なかった。

「寝れない……」

多分、今のボクの目は間違いなく血走っているだろう。

そんなことを悩んでいたら、暗闇の部屋に微かな光が差し込む。

この光は廊下からの明かりだ。どうやら、誰かが、部屋の扉を開けたようだ。

両親が帰ってくるのは明後日の夕方だ。つまり、この扉を開く者はトウカさんか泥棒ぐらいしかいない。消去法で考えればトウカさんだろう。

ボクは何故か寝たふりをした。

そして、薄目でドアを開けた犯人が誰なのかを確認する。

やはり、ドアの前にはトウカさんが立っていた。

——先ほどの下着姿ではない。

下着姿ではなかったけど——胸元がぱっくり見えてる薄手の黒いネグリジェだった。

くびれたウエストに、丸みを帯びた二つの膨らみ。

格好が格好だからなのか、肩からすらっと伸びる腕もいつもより魅惑的に見えた。

右の胸付近には『1』の数字が刻まれていた。どうやら、日付が変わったらしい。

「……はーくん、起きてる？」

そう言いながら、トウカさんはパタンと扉を閉めて、こちらに一歩、二歩とボクの部屋に侵入してくる。トウカさんが近づくにつれ、甘い石鹸（せっけん）のいい香りが漂う。

くっそーっ！　さっきまで酒臭かったのに、なんで今はいい匂いがするんだよ……。

ボクはゴクリと固唾を呑（の）んだ。

そして、トウカさんは腰を落とし、ボクの顔をじっと見つめてくる。

彼女の吐息がボクの鼻をかすめて、少しこそばゆい。

「ふふふ……。わたしの好きな顔だ」

そして、トウカさんはボクのベッドにそっと侵入してきた。

幼馴染（おさななじ）みの香奈子（かなこ）ですら、ボクのベッドで寝たことがないのに、この人は易々（やすやす）と侵入をしてきた。

互いに向き合う形になる。ボクとトウカさんの顔の隙間は拳一つ分ぐらいしかない。少し近づけば……キス出来る距離だ。当然ながら、ボクの心の臓がバクバクと脈打つ。

どうして、トウカさんはボクのベッドに入って来たんだ。

とにかく、ボクは寝たふりをして、この場をやり過ごすことに決めた。

起きていることだけは知られてはダメだと思ったからだ。

「……はーくん……」

「………」

1

「私たち家族を助けて……くれて……本当にありがとう……」

――え？　家族？　何の話だ？？？

というか、この人……寝ぼけている？？？

そして、スースーと彼女から寝息が聞こえてきた。どうやら、眠ったらしい。

「部屋に戻れとは……言えないな……」

仕方がないので、このまま寝ることにした。

けど、当たり前のことだが、そのまま眠ることなど到底出来る訳がなく、朝までずっと、目は冴えたままだった。

閉じていた目を開ける。そこにはボクの好きな人と同じ顔の女性が眠っている。

白雪姫に出てくる王子様がどうして、出会ったばかりの白雪姫にいきなりキスをしたのか、なんとなくわかった気がする。たぶん、今のボクと同じ気持ちだったのだろう。

「はぁ〜〜〜。今日は寝れないな……」

こうして、眠れない夜が続いた。

＊＊＊

そして、朝になった。

壁に掛けている時計がずれていなければ、今の時間は六時過ぎだ。

どうやら、二時間ほど眠れたみたいだ。

ボクはベッドから起き上がる。ベッドにトウカさんはいなかった。

どうやら、ボクが寝ている間に起きて、この部屋から出て行ったようだ。

ボクはそのまま部屋を出て、リビングを目指した。

リビングに入るとトウカさんがテキパキとした動作で朝食を作っていた。

「おはよう」

「おはよう、はーくん」

トウカさんの顔が赤かった。テレているからなのか？　それとも昨日醜態をさらしたことが恥ずかしいからなのか？　どちらにせよ、ちゃんと伝えておかなければならない。

「トウカさん」

「な、なにかしら……」

「間違っても人前でお酒は飲まないでください」

「は、はい！」

ボクの言葉に肩落とし、これでもかとしょんぼりするトウカさん。

「約束ですよ」

「肝に銘じておきます……」

「それで、二日酔いは？」

「問題ございません。問題ないので、ジト目でわたしを見ないでください。ご、ごめんなさい。反省しています……」

今にも消えそうな声で、彼女は謝罪をしてきた。

まあ、一応反省をしているみたいだし、許してあげよう。

「まあ、二日酔いでなくてよかったです。今日はトウカさんにやってもらうべき事がありますからね」

「わたしに？」

そう、本日のトウカさんには重要な役目がある。

それを果たす前に、未来へ帰らせる訳にはいかない。

「——トウカさん、今日ボクと結婚しましょう」

＊＊＊

そして、お昼過ぎ——。

ボクと夏美さんは病室の外で待機していた。

どうして、ボクたちは廊下のベンチに座っているのか？

それはこれから、夏美さんの病室でちょっとした結婚式をするためだ。

そう、現在、病室はトウカさんがウエディングドレスに着替えるために使われている。

トウカさんがこの時代へ来た目的の中には夏美さんへの結婚報告が含まれていた。

たぶん、ボクがこの目で見た、結婚式の映像を夏美さん本人にも見せる予定だったのだと思う。

だが、誤算が生じた。

原因不明だが、何故（なぜ）かトウカさんの赤いスマホは故障し、結婚式の映像も彼女に見せることが出来なくなった。

どうにか、スマホを直せないかと、色々頑張って見たのだが、残念ながらボクの知識ではどうにもならなかった。

その代わりではないけど、今日は夏美さんの前で結婚式をすることにした。

まあ、結婚式と言っても、ウエディングドレス姿のトウカさんを撮影するだけになると思うけど……。

「いやぁ～～っ！　白馬（はくま）君、君は粋な男だねぇ～～っ！　私のために、結婚式をセッティングしてくれるとは、今日はホントにサンキューねぇ！」

トウカさんのウエディングドレスが拝めることに、夏美さんは大はしゃぎしていた。

相変わらず、口を開けば、軽い言葉がぽんぽん出てくる夏美さんだが、その顔色は明らかに前よりも悪く、身体も前より痩せ細っていた。

まだ、普通に歩くことはできるようだが、病状がよくなることはないだろう。

考えたくないけど、夏美さんの命は後どれぐらいなのだろうか……。

「…………」

「うん？　神妙な顔をしてどうしたの？」

「本当に、うれしいのかと疑っています……」

ボクは素直に思っていることを口にした。

「……自分が死んだ後の話をされるって、人によっては複雑な気分になるのではないかと思って。少なくともボクなら、少し複雑な気持ちになります」

百年、二百年後の未来の話なら、ボクも気にも止めないだろう。

ただ、数年後の自分が居ない未来の話をされるのは、少しだけ孤独な気持ちになる。

たとえそれが祝福すべき事柄でも……。

そう考えたら、今日することは本当に夏美さんのためになっているのだろうか？

「白馬君、君は見た目に反して、気遣える少年だね……」

「……それ、褒めてます？」

「素直な感想を口にしただけだよ。……まあ、寂しくないと言えばウソになるね。出来るのなら、この目で冬花(とうか)ちゃんの結婚式を見たかった。この口で直接、冬花ちゃんに『結婚、おめでとう』と言ってあげたかったよ……」

「……もしかして、ボク、あなたに、すごく残酷なことをしています？」

「気配りできるのも考えものだね。思慮深いのはすごく良いことだけど、君、そのうち胃に穴があくよ」

「それはいやですね……」

「なら、ちゃんとケアしてくれる相手を持ちなさい。弱音を吐いても優しく包んでくれる相手が居た方がいい」

「心に留(とど)めておきます」

「そうしなさい」

「あ、そうだ。お肉、ありがとうございました。すごく美味(おい)しかったです！」

ボクはペコリと夏美さんに頭を下げ、お礼を口にした。

「なんの、なんの。未来へ帰るトウカへの餞別(せんべつ)だよ。それよりも、寂しくなるね……」

「……そうですね」

トウカさんがいなくなることに寂しさがないと言えばウソになる。

「それでも、彼女には帰るべき場所がある。それは素晴らしいことです……」

「そうだね」

だから、最後は笑顔で送り出してあげたい。

「まあ、私としては、やっとのろけ話から解放される」

「あっはっは……。のろけ話ばかりだったんですか？」

「うん、旦那の自慢ばかりされた。まあ、それ以外にも、色々あったみたいだけど……」

夏美さんは何故か、ボクの顔をじっと見つめてきた。

「ありがとう」

「なんで、お礼を口にするんです？」

彼女はボクの手を両手でぎゅっと包み、

「とにかく、ありがとう……」

「……はあ？」

そんな会話をしているボクたちの前に、パタパタと軽い足音をならし、小さな子どもが現れた。この子は前に病室で絵本を持って現れた女の子だ。

そんな女の子はニコニコと笑顔であるものを見せてきた。

「夏美お姉ちゃん！　パズルが完成した！」

少女がボクたちに見せてきたのはジグソーパズルだった。

そう、どこにでもある某有名キャラクターのパズルだ。

ただ、女の子は完成したと大喜びしているけど、どう見ても、一カ所、ピースが抜けている。

「一つ抜けているよ?」

言うべきか悩んだが、ボクは女の子に完成していないと指摘した。

すると、女の子は笑顔でボクに言った。

「なくしたから、これで完成なの！　それとも、お兄ちゃんが手品で残りのピースを出してくれる?」

「……ごめん、魔法使いじゃないから、なくしたピースは出せないかな?」

「そっか。お姉ちゃん、いつも絵本を読んでくれてありがとう。これ、昨日くれた、ひまわりの花のお返し！」

女の子はパズルを夏美さんにプレゼントする。

「ありがとう」

「うん！」

大好きな夏美さんの笑顔を見て、満足したのか、女の子はパタパタと元来た場所へ戻っていった。

夏美さんは愛おしい顔で未完成のジグソーパズルを見つめていた。

昨日、腰を痛めて寝込んでいる祖母と電話でたわいもない会話をした。

スマホ越しから聞こえる、祖母の声はいつも弾んでいた。

新しく生まれる孫たちの吉報でうれしくて仕方がなかったようだ。

そんな祖母が最後に『おじいさんにも、生まれてくる孫を見せてあげたかった』とつぶやいた。その祖母の言葉にボクは寂しい気持ちになった。

もし、祖父が生きていたら、新しい家族の誕生に感涙にむせぶだろう。

もし、祖父が生きていたら、大きくなったボクを見て大喜びしてくれるはずだ。

もし、祖父が生きていたら、ボクの手品を見て、大はしゃぎしてくれただろうか？

そんなありもしないことを想像してしまった。

きっと、トウカさんもボクと似たような気持ちだったのだろう。

誰よりも祝福して欲しい人がそばに居ない。

それはある意味で呪いなのかもしれない……。

「――さっきの答えだけど……」

「え？」

「自分が死んだ後の未来を知って複雑じゃないかって話……」

「………」

「さっきの女の子ね、数ヶ月後には難しい手術をするの。そう、失敗したら、死んじゃうかもしれない手術をね」

「……知らなかった」

「結果が分かる時期には、私、もうこの世界にはいないと思う。心配するしかできなかった。そんな時、未来から冬花が来た。冬花の話だと、手術は成功するみたい。うん、六年後でも元気にやって、小学校に通っているらしい……」

「そっか……」

「複雑じゃないと言えばウソになるけど……。我が天使は未来から福音を持って来てくれた。それだけで私は十分だよ」

すごい人だ、本当にすごい人物だ。

こんな時でも、自分の心配より、他人の問題を優先出来るなんて……。

そう考えるとボクはこの偉大な人に頭が上がらなくなった。

「お姉さんこそ、人に気を遣いすぎです。そのうち胃に穴があきますよ」

「ふふふ……。気をつけないとね」

ボクは忘れないだろう。

今日した彼女との会話を。

ボクの横で、幸せそうな顔をしている彼女の素敵な横顔を……。

「まあでも、心残りはいっぱいあるけど、絵本作家になって、小さな天使たちに、私の絵本を読んで欲しかったかなぁ〜〜」

「絵本作家になるのが、夢だったんですか？」

「そうだよ。これでも、美術の成績は学園で一番だったんだから！」

「……ボクも読んでみたかったです」

今から絵本を作りましょう……とは言えなかった。

自身の身体のことは夏美さん本人がよく理解しているはずだ。

そして何よりも、創作する時間もないのだと悟っているだろう。

「──準備できたわよ」

病室から、トウカさんの声が聞こえた。

ボクの勘違いだろうか、トウカさんのその声はどこか震えているように聞こえた。

「おっ！　我が天使の晴れ姿だけはこの目で拝まなければばっ！　ほら、白馬君──私に続けぇ！」

「了解」

そして、ボクたちは夏美さんの病室のドアを開けた。

「──キタアアァァッ！　キタキタッ！　女神降臨っっっ！！！」

「夏美さん、うるさい！」「姉さん、黙ってぇ！」

目を輝かせ、大きな声で感激する姉をボクたちは注意する。

あんまり興奮するとまた咳き込むので、はしゃがないで欲しい。

まあ、夏美さんが興奮するのも仕方がないと思う。

ウエディングドレス姿のトウカさんは……本当にでたらめな破壊力がある。

「う、ううぅ……。君たち、意外と息が合っているね。と、そんなことよりも……。うわぁーっ！　うわぁーっ！　ほ、本当にウエディングドレスだぁーっ！」

ボクは彼女の姿を見て、懐かしい気持ちになった。

ウエディングドレスのトウカさんを自宅のリビングで見て、びっくりして、ボクは腰を抜かしたんだった。

そんなトウカさんはもじもじして、これまためずらしく恥ずかしがっていた。

姉の前で晴れ姿を見せるのはそれだけ、特別で、照れくさいことなのだろう……。

「ところで、白馬君はそのパーカーのままなのかい？」

「一応、このシルクハットの中に、タキシードがあります」

ボクはそう言い、夏美さんにシルクハットの中をみせる。

「何もないよ？」

そして、シルクハットの中から、タキシードを取り出す。

「おおっ！　手品だ、手品！」

シルクハットからタキシードが出てきたことに驚く夏美さん。

ボクはそのまま窓際のカーテンへ向かう。

「白馬君、タキシード忘れているよ？」

「おっと、失礼。……ほら、タキシード君、こっちへ来い！」

ボクはタキシードにこちらに来るように命令する。

「──え？　ええ？　え？　……た、タキシードが、宙に浮いているっ！」

夏美さんの言葉通り、タキシードは重力に逆らい、宙に浮いていた。

ひらひらと浮いているタキシードを手招きする。

「おっ！　おお、おっ！　白馬君、君は服を操作できる能力者だね！」

「まあ、学園でも浮いている生徒なので、物を浮かせるのは得意です」

こちらに向かってくるタキシードをキャッチして、ボクはカーテンの中に隠れる。

そして──。

「──ジャジャジャジャジャーン！」

「おおっ！　今度は手品だ、手品！　ものの数秒で、タキシードに早着替えしたぁ！」

パチパチと拍手する夏美さん。

はじめて、やる手品だったのだが、これだけ喜んで貰えたなら、チャレンジして正解だったな。

「ふふふっ……。姉さん、わたしの旦那様、すごいでしょう！」

「確かに、文句の付けようのない手品だったよ」

「ボクの手品はここまでです。今日の主役はトウカさんと夏美さんの二人だ」

ボクはそう言い、ポケットから白いスマホを取り出す。

「さあ、二人とも並んで、写真を撮りましょう」

ボクの言葉にトウカさんはたどたどしい足取りで、夏美さんの隣に立つ。

なんか、今日のトウカさんは姫城さんに似ている気がする。

もしかすると姉の前では昔の自分に戻るのかもしれない……。

「撮りますよ。はい、チーズ！」

パシャリと音が響く。

「トウカさん、顔が硬いです。今度はしゃがんで、同じ目線で撮りましょう」

「う、うん」

ボクの指示通り、トウカさんはしゃがみ込む。

「いいですね。はい、二人とも笑顔で……チーズ！」

まさにこのツーショットは奇跡だ。

違う時間を生きる姉妹たちが時を超えて、また時の記憶を刻む。

やっぱり、今日はトウカさんを連れて来てよかったとボクは心から思った。

「白馬君、トウカちゃん、ありがとう……。お姉ちゃん、今すごく幸せだ」

「……夏美姉さん」

「ところで、私、誓いのキスを見ていないのだが？」

はーくん、頬にキスしてあげなさい。ほら早くしてあげなさい。

「「え？」」

「当然、キスしてくれるのだろ？」

夏美さんのその顔はイタズラっ子そのものだった。

「ちょ、ちょっと、姉さん！　それはちょっと……」

「ええええぇっっ！　キスを見ないと結婚式といえば、誓いのキスだよ！　お姉ちゃん、二人のキスが見たいっ！　キスを見ないと怨霊でこの世界をさまよってしまう」

どうしよう、ボクは撮影会をするだけのつもりで、この計画を考えたのに。

まさか、夏美さんに焚きつけられるとは……。

「ほら、今度は私が君たちを撮影してあげよう」

そう言い、夏美さんはボクからスマホを奪い取る。

「二人とも、少し私から離れてくれ」

これは断ることが出来ない空気だな。

「仕方がない。はーくん、頬にキスして……」

「――え？」

「早くして」

とのことだ。雰囲気に飲まれている気がしなくもないが、頬にキスする程度なら、問題はないと思いたい。

ボクは震える手で、トウカさんのほっそりとした華奢な肩を掴む。

やっぱり、肩の形も、くっきり浮き出た鎖骨も、姫城さんと同じだ。

これって、浮気にはならないよね？　口ではなく頬なので、ギリセーフだよね？？？

そして、ボクは震える唇を彼女の右頬に近づけ――そっとキスをした。

やわらかい……。すごく柔らかい。これが姫城冬花の頬の感触……なのか……。

彼女の顔は非常に赤かった。

こんな赤面した表情のトウカさんを見たのは今日がはじめてだ。

「じゃあ、今度はトウカちゃんが、白馬君にキスをしようか？」

「「え？」」

「お姉ちゃんを怨霊にさせる気かい？」

ニコリと笑顔をボクたちを脅してくる夏美さん。

ここはおとなしく、夏美さんのお願いを叶えてあげるべきだな。

「トウカさん……」

数秒逡巡したが、腹を決め、ボクは左頬をトウカさんに差し出す。

「う、うん……」

トウカさんは少しだけ戸惑いながらも、ボクの左頬にそっとキスをした。

そして、左頬から柔らかい感触が離れる。ボクは赤面している彼女の顔を見つめた。

そこにはいつもの余裕のあるお姉さんなどはおらず、初心な少女がだけがいた。

「はーくんとは数え切れないほどキスしてきたんだけど、なんだか……新鮮な気分だわ」

火照った顔を冷やす為か？　はたまた恥ずかしさを誤魔化す為か？　トウカさんは両手で自身の顔をパタパタと仰ぐ。

きっと、今のボクも彼女に負けず劣らず、顔が真っ赤になっていることだろう。

人間って、不思議な生き物だな。頬にキスするだけで、こんなに顔が熱くなる。

「くっくっくく……。おもしろい写真が撮れたよ」

意地の悪い顔をしながら、ボクにスマホを返す夏美さん。

そのスマホの画面には赤い風船かと勘違いしてしまうぐらい真っ赤な顔のボクとトウカさんが写っていた。

そういえば、今顔がすごく熱い。

どうやら、ボクもトウカさんと同じぐらい顔が赤いようだ。

「ボクは……先に帰ります……。後は二人でゆっくりしてください」

「はーくん、ありがとう。必ず帰るから、家にいてね」

「……わかりました。トウカさん……」

ここで、トウカさんとも、お別れかもと、考えていたが、どうやら自宅には帰って来てくれるようだ。

夏美さんには申し訳ないが、最後の時間をボクのために使ってくれることは素直にうれしかった。

「トウカさん、悔いのないように」

「……うん、ありがとう」

ボクは着替えて、夏美さんと挨拶を交わし、この病室を後にした。

＊＊＊

「いい子だね、彼は……」

「うん。自慢の旦那様だよ」

「そっか。大事にしなよ、トウカ」

この六年で、わたしは責任の重さを知った。そう、わたしは大人になったのだ。

わたしは彼を愛した。その愛にわたしは責任を持たなければならない。

「大丈夫。覚悟は決めている」

「強くなったね」

「ええ、だってわたし、人妻だもの」

「……寂しくなるよ」

本当に、本当に寂しいな。だって、元の時代へ戻っても、あなただけは……わたしたちの世界には居ない。

「姉さん、映画を見ない？」

持ってきたカバンから、ＤＶＤケースを取り出す。

「これは夏美姉さんが開けて」

「うん？　私が開けるの？」

「そう、姉さんが開けないといけないの……」

姉さんは少し不可解な表情をしながらも、わたしの指示通り、ＤＶＤケースを開く。

「――あっ！　これって、この前、トウカちゃんと鑑賞した映画の続編？？？」

ＤＶＤの中身は六年前に姉と鑑賞した映画の続編のディスクだ。そう、六年前に、夏美姉さんと最後に見たあの映画の続編だ。

「続編見たいと言っていたでしょう。ほら、肩を貸してあげるから、ソファーに座りましょう？」

「え？　私、そんなこと言った？」

言った。そう、あなたではない、わたしと同じ時代を生きたあなたは確かに言ったのだ。

『……これ、きっと続編が出るね……』

映画のエンドロールが流れている時に姉さんはぼそりと独り言をつぶやいた。

しまったと思った。鑑賞すべき映画の選択を間違えたと強く感じた。

事前に映画を下見し、綺麗に終わり、続編などないと、わたしは判断したのに……姉は
あの物語には続きがあるのだと、本能で見抜いたのだ。

その予測は大当たりで、数年後にあの映画の続編が公開されることになった。

そう、姉さんの先見の明に間違いはなかった。

「でも、続編があると思っていたでしょう？」

「……まあね。私の予想は大当たりってことかな」

そして、ディスクをプレイヤーにセットして、わたしたちはテレビを注視する。

「まさに、奇跡だね。トウカちゃんはこれ見たの？」

「見てないよ……。悔しくて……悔しくて……見ようと思ったことは一度もない」

夏美姉さんが、見ることができなかったものを、わたしが見るわけにはいかない。

だから、ずっと避けてきた。

そんなものはこの世界には存在していないのだと自分に言い聞かせてきた。

「そっか。律儀に守らなくてもよかったのに……」

そして、テレビの画面に映像が流れる。

まさか、また肩を並べて映画を鑑賞する日が訪れるなんて……。

画面には、あの日見たキャラクターたちが、楽しそうに動いている。

年を重ねることがない、不老のキャラクターたち。いつでも時間を戻せば同じ場面に戻ることができる人生。わたしはそんな存在の彼女たちが、少しだけうらやましいと思えた。

彼女たちのように、ずっと閉じた世界に居たいと少しだけ考えてしまった。

映画の内容は頭に入ってこなかった。

だって、わたしには映画を鑑賞することよりも、ずっと大事なことがある。

「ん？　どうかした？」

「なんでもないよ……」

姉さんの手、こんなに細くなっている。

姉さんの肩、こんなに小さくなっている。

姉さんの顔、こんなにも弱々しくはなかった。

髪だって、そうだ。わたしが嫉妬するぐらい美しい黒髪だったのに……今は……。

それでも画面に注視しているその瞳の奥だけは、ずっと変わらずキラキラしている。

ああ、わたしの好きな笑顔だ。この笑顔にずっと救われていた。

わたしとあなたは『真逆』の姉妹だった。わたしは夏美姉さんのような人になりたかった。あなたのように天真爛漫（てんしんらんまん）な女の子になりたかった。

人を笑顔に出来る人間に、すぐに笑顔になれる人間になりたかった。

あなたのような太陽になりたかった。誰かを照らし、喜ばせられる人になりたかった。

あなたはわたしに、夢の素晴らしさを語り憎悪を教えた。

あなたはわたしに、愛を教え恐怖を与えた。

あなたはわたしに、絆（きずな）を与え消えない痛みを生んだ。

あなたはわたしに、祝福を生み罪を残した。

あなたはわたしに、優しい笑顔を残し——最後は土に還（かえ）った。


そして、あっという間に二時間は過ぎ、テレビの画面にはエンドロールが流れていた。

「うーん。これ、続編は凡作だね。うん、パート1の方が、断然おもしろかった」

「ふふふ……。そこはウソでも素晴らしかったって言いなさいよ」

「ごめん、ごめん。これでもクリエーターを目指していたので、作品に妥協は許さない主義なんだ」

「そう。それでこそ、夏美（なつみ）姉さんらしいわね……」

「ありがとう。それでもこの映画を見れてよかった。うん、心からそう思っているよ」

「……わたしも、姉さんと最後に見れてよかったわ」

「トウカ、六年後の世界はどんな場所？」

「……素晴らしい世界よ。すごく素晴らしい世界。姉さんにも見せてあげたい」

そう、六年後の世界はみんなが笑っている世界だ。みんなが幸せな世界だ。

「そっか……」

……ああ、連れて帰りたい。この人をこのまま連れて帰れたら——どれほど幸せだろうか。きっと、今よりも幸せで、とても美しいものになるだろう。

「私も見たいよ……。でも、残念だけど、そこにはいけない」

「うん。ごめん、ごめんなさい……。夏美姉さんを連れてはいけない」

「泣かないで、トウカ。お姉ちゃん、あなたの泣き顔だけは好きじゃないの……」

「……ごめんなさい。ごめんなさい。ごめんなさい……」

そっと、抱きしめられる、その細い腕をわたしはよく知っている。

辛(つら)い時、泣いている時にわたしをいつも抱きしめてくれたのは——この姉だった。

「まったく、私より年上になったのに……相変わらず、泣き虫で、甘えん坊だな」

「う、うう……。ね、姉さん！　死なないで、死なないでよぉ！」

「ごめんね。トウカ、本当にごめんね……。もっとトウカと一緒に生きたかったけど、それは無理なんだ……」

「ううぅ……。わたし、姉さんに謝らないといけないことがある」

「なに？　今ならなんでも許しちゃうよ……」

「……わたし、怖くて出ることができなかった。骨になる姉さんを見ることが、怖くて恐ろしくて、お葬式から、逃げた！」

認めたくなかった。認めるわけにはいかなかった。

だって、姉さんはたった二十年しか、生きることができなかった。

絵本作家になる夢を持っていたんだ。

好きな人だっていたんだ。

大学だってほとんど通えていないんだ。

やりたいことがいっぱいあったはずなんだ……。

その全てを世界は、わたしたちから、何の許可もなく勝手に奪われた。

こんな理不尽が許されてはいけないと思った。

こんなのは差別だと憎んだ。不公平だと呪った。

だから、馬鹿げた理屈で火葬される姉を見送らなかった。

でも、わたしは間違えた。バカみたいな理屈で自分を納得させ現実から逃げた。

心底愚かだった。救いようのないほど愚者だった。

気づいた時には全てが遅かった。戻れない場所にいた。

「そっかそっか、ずっと苦しんでいたんだね……。お姉ちゃん、トウカが葬式に出なかったぐらいで、嫌いになったり、恨んだりしないよ」

「う、ううぅ……うう……。ごめんなさい、ごめんなさい……」

「後悔するぐらいなら、出ればいいのに。まったく、お姉ちゃんまで、泣けてきたよ……」

「……ごめんなさい。姉さん、ごめんなさい」

姉がわたしの頭を優しく撫でる。わたしはその仕草に懐かしさを覚えた。

もう、肌で感じることが出来ないと思っていた、温かさだった。

＊＊＊

「ほら、鼻水、拭いて……」

「ぐすん。……ごめんなさい」

「何回謝るんだよ……」

止まない雨がないように。人間はずっと涙を流すことができない。

悲しいことだけど、人間が泣き続けるには数時間が限界みたい。

「……最長だね。少なくとも私が知る限り……」

夏美姉さんが、呆れた顔で時計を見つめる。

どうやら、二時間近く泣いていたようだ。

「夏美姉さんが亡くなった日は五時間、泣いた……」

「そ、そうなんだ。なんだが、死ぬのが申し訳ない気持ちになってきたよ……」

「ごめんなさい……」

「はあ〜〜っ！　ここからは卑屈禁止！　それよりも、トウカちゃん、テーブルに置いてあるパズルを取ってくれる」

「わかった」

わたしはジグソーパズルを手に取り、それを姉さんに渡した。

「トウカ、このパズルのピースが足りないでしょう」

「……うん」

「トウカはこのパズルに価値がないと思う？」

「……わかんない」

「私は価値があると思う。……だって、人生って、このパズルそのものでしょう。生きていれば必ず何かを失ってしまう。失ったら、大抵はこのパズルみたいに、歯抜けの未完成品が出来上がる。でも、このパズルね、私の戦友が一生懸命作ってくれたんだ。私はそこに価値があると思っている」

「………」

「トウカの人生もこのパズルと同じ。私というピースを失っても、真摯に、愚直に、前を見ないといけない。だから、みんなで頑張って欲しいな」

そう言って、姉さんは小指を私に差し出す。

「ほら、指切りげんまん」

わたしは自身の小指を姉の小指に絡ませる。

「指切りげんまん〰〰っ！」

「ウソついたら……」

「トウカの旦那を呪う〰〰」

「――え？」

「指切った！」

「え、ちょ、ちょっと！　やめてよ……」

「ダメ！　次、私の前に現れたら……悪霊になって、白馬君を呪います！」

「……やっぱり、姉さん……嫌い……」

「ふふふっ……。ほら、シンデレラ、十二時の魔法が解ける前に彼の下へ行かないと」

そうだ。わたしはこの世界の彼にまだお礼を言っていない。

「うん。さようなら、夏美姉さん」

「トウカ、もう、会うことはないけど……」

姉さんが、弱々しい仕草で、わたしの胸をポンと叩いた。

「――ちゃんと、ここに居るから……。私が死んでも、あなたの胸の中にいるからね」

「……うん」

そして、わたしたちは笑顔を交わす。

名残惜しいけど、姉さんとの時間はここまでだ。

わたしはソファーから立ち上がり、ウエディングドレスからカバンの中に入っている私服に着替える。

「トウカ」

「なに？」

「結婚おめでとう。ウエディングドレス姿のトウカは、私が見た中でも、一番美しいものだったよ……」

姉がまたニコリと笑う。私もニコリと笑い返す。

その笑顔は正しく、わたしが愛した太陽だった。

「……ありがとう」

「ケンカもほどほどにね。トウカは頑固だから」

「善処する」

「バイバイ、トウカ」

……さようなら、姉さん。

あなたの妹に生まれてよかった。

そして、わたしは姉に背を向けた。

それが永遠の別れだと知りながらも……。

＊＊＊

トウカさんが家へ帰って来たのは二十時過ぎだった。

当然、ウエディングドレスから、私服に着替えていた。そう、ショッピングモールで買った、ねずみ色のニットワンピースだ。

なんだか、懐かしい。ひと月も経っていないのに、すごく昔のような気がするな。

そんな、彼女の両目は真っ赤で少し腫れていた。

大泣きしたということは説明されなくても理解できた。

ただ、彼女のその表情は晴れやか、というよりはどこか開き直った顔にボクは見えた。

どうやら、すべきことを果たすことが出来たのだろう。

ボクは胸を撫で下ろした。

きっと、彼女の傷は全て姉に癒して貰ったのだと思いたい。

ボクたちはいつもの順番でお風呂に入り、食事をした。

最後の食事はボクが作ったカレーライスを食べることにした。

このひと月近く、ずっとボクたちをもてなしてくれた彼女に最後はボクからのせめてもの恩返しということで、自宅に帰って来てから、スマホでレシピを調べて、はじめて料理を作った。

トウカさんはそんなボクが作ったカレーライスを見て、大喜びし、美味しく食べてくれた。

そして、ボクと彼女の最後の晩餐を済ませた。

残り二時間で彼女はこの世界から消える。

食事が終わり、洗い物を済ます頃には二十二時を過ぎていた。

寂しくないと言えば大ウソになるが、彼女には彼女の道があり、ボクにはボクの道がある。……だから、ボクたちが同じ道を歩むのは今日までだ。

ボクたちは最後の時間をボクの部屋で過ごすことを選んだ。

彼女はペナルティから解放されたから、何でも未来のことを話すと言った。

ボクは彼女のその提案を丁重に断った。

魅力的な話だけど、やっぱり未来のことはこの時代に生きている、大事なみんなと少しずつ実感していきたいと思えたからだ。

それに、これからボクが歩む未来と、彼女が歩んできた未来は違ってくるのではないかとボクは思っている。

現にこの世界のボクは出会うはずのない夏美さんと交わった。

だから、ボクにとって、トウカさんの世界はifになるのだと思う。

そう、似て非なる『もしも』の世界だ。

なので、ボクはもしもの未来の話よりも、このひと月の出来事だけを語り、トウカさんもボクも知らない、少し先の未来の夢を語ることにした。

「濃厚なひと月でした」

なにせ、いつも通り自宅へ帰って来たら、リビングにウエディングドレス姿の女性が座っていたんだから。しかも、その未来人がボクの好きな人で、ボクのお嫁さんを自称してきたんだから、驚くなと言う方が無理がある。

「わたしは懐かしさ半分、新鮮さ半分だったかな」

「そっか」

「はあ〰〰っ！　帰ったら、やることがたくさんあるな〰〰」

「そうなんですか？」

「うん。まずは結婚式のお礼参りとお礼状の作成。その後は毎年恒例の花見でしょう。それと春音の誕生パーティーに、私たちの新居への引っ越し、家具とか家電も買い替える為に、クルマも必要だし、それが終わったら、ゴールデンウィークは新婚旅行へ行かないと……その後も……まあ、色々あるわね……。ああ、大変、すごく大変よ！」

口では文句を言いつつも、指折り数える彼女の顔はすごく楽しそうだった。

「ハードですね。でも、すごく楽しそうだ」

「うん。はーくんにはごめんだけど、今は無性にみんなの顔が見たい」

帰るべき場所があることを再認識できた。

それだけで、きっとこの世界へ来た意味があるのだと信じたい。

「はーくん、夏美(なつみ)姉さんと、この世界の私たち家族をお願い。最後まで、そばにいてあげて欲しい」

安易に『うん』と頷(うなず)けなかった。それだけ責任重大なお願いだ。

「なんとかします」

かっこ悪いけど、これが今のボクの精一杯のアンサーだ。

「うん、わたしはこの世界に来てよかった。はーくん、ありがとう」

「ボクもです。この世界へ来てくれて……ありがとう……」

互いに感謝を伝え合う。

たった一言の短い言葉だけど、多くの意味をもつ言葉だった。

「はーくん、着替えてくるね」

そう言って、彼女は隣の部屋で帰るための準備に入った。

ボクは部屋の奥にあるバルコニーへ足を運ぶ。

めずらしく、夜空には無数の光が輝いていた。

それから、しばらくして、ウエディングドレスに着替えた、トウカさんが現れ、ボクの隣に立つ。

ちらりと壁に掛けている時計を見る。

日付が変わるまで、残り……十分。

「忘れ物はない？　なにせ、忘れたからといって、おいそれと戻ってこれる場所じゃないからね。特に懐中時計だけは絶対に忘れないでくださいよ」

「大丈夫。肌身離さず持っている」

そう言って、彼女は胸の谷間から、懐中時計を取り出した。

何て場所に隠しているんだ……。

「……それにしても……その格好……すごいね」

今のトウカさんは一言で説明するとチグハグだった。

なにせ、世の女性の理想を具現化したウエディングドレス姿なのに、その両手に持っているのは洋服店の紙袋なのだから。

「なんか、あれだね……。紙袋は花嫁が持つべきものではないことがよく分かったよ」

「ちょっと！　最後の最後にそういうこと言う！　……くすくす笑わないでよ」

「ごめん、ごめん。でも、その格好はないよ……」

「まったく、失礼しちゃうわね……」

「持ってきたブランドのバッグで帰ればいいのに」

「あれは、義母様に差し上げる約束をしたから」

「気なんて遣わなくてもいいのに」

「大丈夫、帰ったら、旦那様に同じものを買って貰うから」

「………………そ、そう」

とのことだ。未来のボク、大変だけど——頑張ってバッグ代を稼げよ。

そして、ボクたちは夜空を見上げる。

まさか、このバルコニーで家族以外の人と星空を見る日が訪れるとは夢にも思わなかったな。

「はーくん、ありがとう」

星空を見上げたまま、彼女が言う。

その声色はどこか優しいけど、どこか重々しくも感じた。

「それ、さっき聞いたよ」

「………………最初はあなたのことがすごく嫌いだった。姉が亡くなって、心を閉ざした、わたしに近づいてきて、毎日、部活の見学を誘ってくるあなたが本当に鬱陶しいと思った。どうして、この人はわたしを一人にしてくれないんだと、心から憎んだこともあった」

ボクは姫城さんを部活の見学に誘ったことは一度もない。

これはボクじゃないボクの話だ。

「そう、わたしは一人で居たかったのに、君はそれを許さなかった。本当にムカつく奴だと思った。絶対に下心でわたしに近づいてきていると考えた。だから、わたしは君を徹底的に避けた、無視もした。なのに、あなたはまったく諦めない。あんなのはストーカーよ！　普通の女の子にあそこまでしつこくしたら、絶対に嫌われるんだからぁ！」

「…………」

「よかったわね、あなたが好きになった子が普通じゃなくて」

ボクは姫城さんは普通の女の子だと思っているんだけど、どうやら、彼女は自分のことを普通だとは思っていないようだ。

「あ、あの！　旦那様の不満は帰って言ってくださいよ！　あと、そんな男のどこに好きになる要素があるんですか？？？」

ボクが言うのもなんだが、今の話を聞いて、彼女に好かれる要素が一ミリもないんだけど。

「何を言っているの！　わたしの旦那様は世界で一番カッコよくてぇ！　世界で一番優しくて、強い男なんだからぁ！」

そして、彼女はこちらに顔を向け、強く意思の籠もった眼差しで見つめてきた。

「いい、わたしが好きになった人はね、妹を救ってくれたのよ！　バイオリンを触ることも嫌がっていた、あの子にもう一度バイオリンを演奏する楽しさを思い出させてくれた人なんだからぁ！」

「…………」

「両親が離婚寸前の時だって、父の胸ぐらを掴んで怒ってくれたんだから！　あの、大の大人でも怯える父に食ってかかれるのは世界でもわたしの旦那様だけ！」

……そっか。夏美さんを失ってから、色々と大変だったんだな。

ボクじゃない王寺白馬はその問題から逃げずに、姫城家の人たちと真っ正面から立ち向かうんだ。

裏を返せば、この人の隣に立つには色んな問題を解決して、とても重い責任を背負わなければならないんだな。

「本当に、本当にあなたには……本当に感謝している。バラバラだった家族を元に戻してくれて、離れていた友人たちとも引き合わせてくれた……」

「……あ、あの！　やっぱり、その労いの言葉は旦那様に言ってあげるべきかと」

「やだっ！　言ったら、絶対調子に乗るから……」

流石は王寺白馬のお嫁さんだ。ボクのことをよく理解しておられますね。

「わたしの好きな人は、お調子者で、バカで、お金に無頓着で、物欲がすごくて、スケベで、イタズラ好きで、危なっかしくて……」

「………」

「不完全で、未熟で、失敗もよくするけど……あなたは責任を受け入れる強い人。その才能を自分の為ではなく、他者の笑顔の為に行使する、誠実な人」

トウカさんが未来から来て、慢心している自分がいた。

どんなことがあっても、ボクは姫城冬花と結ばれるとどこか傲っていた。

でも、そうじゃないんだ。姫城冬花の隣に立つのは並大抵の覚悟ではダメなんだ。

一つ理解できた、自分本位の恋では、彼女の隣に立つ資格はない。

「……わたしたちの心を救ってくれて、ありがとう。君のおかげで、また楽しい日々が送れている」

今ボクは彼女に、姫城冬花を愛し続ける覚悟があるのか試されている。

ボクじゃないボクはその責任を背負う覚悟を持って、この女性と過酷な道を歩んで行く選択をしたんだ。

それはとてつもない信念と勇気がなければ出来ないことだ。

「でも、ごめんね。わたしが、この時代に来た所為で、王寺白馬と姫城冬花は結ばれないかもしれない。それでも、君と夏美姉さんを会わせたかった……」

「そうならないように、努力するよ……」

この目の前の姫城冬花を悲しませないように、精一杯頑張ろう。

香奈子に姫城冬花のどこを好きになったのかを質問された時、ボクは咄嗟に適当な言葉で誤魔化した。

正直、今でもボクは彼女のどこに惹かれたのかを言語化することが出来ずにいる。

ただ、ボクは間違いなく彼女が好きで、彼女に惹かれて本当によかったと思っている。

だって、彼女はこんなにも素敵な人なのだから。

「やっぱり、王寺白馬を好きになってよかった」

「ボクもだ。ボクも君を好きになってよかった」

「その言葉、この世界の私にも言ってあげてね……」

「……うん。必ずまた、彼女に愛の告白をするよ」

今のボクの言葉では、彼女の心には届かないだろうけど……いつか……必ず……。

夜風が吹く、彼女の美しい髪がなびく。

ボクたちはもう一度、真っ直ぐな瞳で見つめ合う。

「さようなら、王寺君……」

「うん。さようなら、姫城さん……」

そんな言葉を最後に交わした。

そして、彼女は幽霊のように消えた。

まるで、最初からこの世界にいなかったかのように……。

驚きはなかった。覚悟はしていたから。

それでも、少しだけ寂しいとは思ってしまうのはボクの弱さだろう。

……本当に別れる時は、一瞬だな。

まだまだ語りたいことはあったが、それはまたいつかの機会にするよ。

「まったく、登場はドタバタだったのに、最後は潔く、面影すら残さない、なんて……」

失ったもの、残ったものを胸に抱いて、ボクは夜空を見続けた。

また、この綺麗な夜空を彼女と見たいなと思いながら……。

ボクが好きな姫城冬花ではなく、ボクたちを愛してくれた姫城冬花と、この夜空をまた共有したいと願った。

――空に一つの流星が落ちた。

――ボクはその輝きにありきたりな思いを願った。

どうか『未来のみんなが、ずっと笑顔でいられますように』と、星に願いをかけた……。

姫城トウカ　レミニセンス4

実家に帰ってきた私は激怒していた。憤激していた。マジギレしていた。

それもこれも全て、あの男の一言からはじまった。

そう、大学四年目になった私はあの男と同棲(どうせい)することになった。

それまではこの屋敷から大学へ通っていたのだが、突然、父から『小僧と同棲しろ』と言われ、屋敷から追い出された。

まさに、あの日の父の言葉は——青天の霹靂(へきれき)だった。

まさか、はーくんをあれだけ毛嫌いしていた父がそんなことを言い出すなんて、神様だって想像しなかっただろう。

そして、私たちは互いの実家から歩いて通える場所にマンションを借り、同棲生活を始めた。

正直に言えば、同棲生活には少し憧れがあった。

一度でいいから、屋敷から離れて、小さな部屋で暮らしてみたいとずっと思っていた。

それ故に、私はわくわくもしたし、舞い上がっていなかったといえばウソになる。

なにせ、彼とお付き合いをして、今年で四年目になる。

そろそろ、次のステップを意識するのは至極当たり前の事だと思う。

――結婚！

素直に白状すれば、最近この二文字を意識するようになった。

まだ大学生の私が結婚を意識するのは少し早い気もしなくはないのだが、最近、同級生が結婚した。

だから、なのか……最近、彼との未来を想像している私がいる。

このまま私と彼は結婚するのだろうか、それとも……。

彼との関係は順調に進んでいると思いたいけど、少し焦っている。

だって、大学生になってからは、別れたとか、浮気されたとか、そういうドロドロした恋愛話が耳に入ってくることがすごく増えた。

実際、私の周りで長続きしているカップルはごく少数だ。

みんな、何かしらの理由で破局している。

周りは私たちのことを羨むけど、別れ話を聞かされるたびに少し不安になってしまう。

いつか、私たちも同じ道を辿るのではないかと少し不安になったりもする。

だから、この同棲生活で、もっと彼と距離が縮まればいいなと思っていたのに――あのバカはっ！

――ああ、思い出したら、腹が立ってきたぁ！

「冬花ねぇ……怒ったり、不安そうな顔をしたり、また怒ったりして、情緒不安定です」

「そして、辛辣です」

私たちは今、屋敷の厨房にいる。

なんでこんな場所にいるのか、それは料理の練習をするためだ。

そして、出来上がった料理を妹に食べさせるために、部屋から連れてきたのだが、このバカ、人様が作った料理を見て『普通の見た目の時でもヤバイのに、この見た目は完全にアウトです！　春音はまだ死にたくないです！』と怯えながら、断固拒否してきたのだ。

「しかし、冬花ねぇ……。これは、すごいセンスです。才能の塊です。春音では逆立ちしても制作することは不可能です。――でぇ？　この兵器で誰を無き者にする気ですか？」

こ、コイツッ！　高校生になってから、少し生意気になったわね……。

「――料理よ、料理！　これのどこが兵器なのよ！　あと、私がフライパンを持っている時に、冗談を言うのはおすすめしないわよ」

まったく、この子は、変なところだけ、はーくんの影響を受けて……。

きっと、学校では『残念姫』とか言われているに違いないわ。

「や、やめるです！　フライパンをそっと下ろすです！」

「……まったく」

「それで、この兵器はなんて名前です？」

「だから、兵器じゃないわよ！　…………これは……おにぎりよ」

「おにぎり？　おにぎりって、海苔を巻いて食べる、あのおにぎりのことですか？　春音はカラスとコウモリを融合させた、キメラのなれの果てかと思ったで——ご、ごめんです！　冗談です！　冗談なので、フライパンを振り下ろそうとするなです！」

「次はないわよ……」

「そ、それで、これをお兄さんに出したですか？」

妹はそう言い、怯えながら、フォークでちょんちょんとおにぎりを軽く突く。

「ば、爆発はしないタイプです！」

……本当に失礼な妹ね。爆発する料理なんて十回に一回ぐらいしか出来ないわよ……。

「お兄さんに『殺される』と言われたですか？」

「本当に殴るわよ。……あのバカは『生物が口に入れていいものではない』とか抜かしやがったのよ！」

ああ〜〜っ！　思い出したらムカムカしてきた。

人が一生懸命、作った料理を『食べたくない』とか言いやがってぇ！

しかも、人間が食べれないとかなら、百億万歩譲って認めてあげるけど『生物が口に入れていいものではない』って、どういう意味よっ！

私が作った料理は犬も猫も虫も食べれないってことかぁ！

悔しい。悔しい。悔しい。悔しい。悔しい。ムカつく悔しい。

謝っても、絶対に許してやるもんかぁ！

今日は一緒にお風呂に入らない！　エッチも一週間はなし！

キスも……………一日に…………一回……だけよっ！

「なるほど。的確な表現で——だから、フライパンを握るなです！」

「こうなったら、ギャフンと言わせる料理を作ってやるんだからぁ！」

「それで、お兄さんはどうしているですか？」

「敬とプロレス観戦に出かけたわ」

「本当に二人とも仲がいいです」

「そうね。けど、新婚ほやほやの敬を連れ回すのは感心しないわ」

「確かに。敬君も、もうすぐお父さんになるのに、自覚が足りないです」

最近、結婚した同級生とは香奈子と敬のことだ。

　そして、香奈子のお腹の中には新しい生命が宿っている。

「しかし、二人がデキ婚するとは夢にも思わなかったです。まさに寝耳に水です」

「春音、間違っても、本人たちの前で、デキ婚なんて口にするんじゃないわよ。授かり婚って、言わないと香奈子に睨まれるわよ」

「そして、冬花ねぇは焦っているです！　まさか、幼馴染みの敬君たちに先を越されるとは思っていなかったです！　自分たちの方が先に結婚出来ると思っていたです！」

「うっ！　お、大きなお世話よ！」

　香奈子に報告された時は飛び上がるほどうれしかった。心から二人を祝福した。

　でも、ラブラブな二人を見ていると焦る気持ちが芽生えてくるのも事実だ。

　………はーくんは私と結婚する気はあるのかしら？

「同棲して数日で、屋敷へ戻って来るなんて、この先前途多難です！　料理もまともに作れないとなると、結婚なんて、夢のまた夢です！」

「う、うう……」

「このままだとずっと未婚で生涯を終えるです！」

「……彼氏もいない、あんたにだけは言われたくないわ！」

「ふふふ……。冬花ねぇは無知です。まったく理解していないです。春音がどれだけ学園でモテモテなのかをです！」

「あっそ。その貧相な胸でモテているとは思えないわね」

「むむむっ……。春音はこれでも平均的サイズです！　冬花ねぇの胸がおっぱいデブなだけです」

「はいはい。そういうことにしておいてやるわ」

「春音のことより、冬花ねぇのことです。ちゃんとした料理を作れないと結婚は出来ないです！」

「冬花ねぇが想像しているよりも、お兄さんはずっとモテるです！　春音のクラスメイトでもお兄さんのファンが多いです！　可愛(かわい)い顔で大人気です！」

――ピクッ！

――ピクピクッッ！

「春音の方が料理も上手です！　お兄さんも虐殺兵器を生み出す冬花ねぇよりも、春音の方が幸せにできるはずです！」

「ふふふっ……。あんたのお友だちに言っておきなさい。はーくんに手を出すなら、それ相応の覚悟を持ってやることね。……ちなみに、それはあんたもよ（ニコリ）」

「わ、わわわ、わかったです！　わかったですから――その包丁から手を離すです！　笑顔で包丁は反則です！」

「まったくっ！」

「まあ、春音も、冬花ねぇたちのことは応援しているです。そこで、冬花ねぇの料理をまともにするためのエキスパートを今日はこの厨房(ちゅうぼう)に呼んだです！」

厨房のドアが開く、私たちの下に現れたのは、お腹(なか)が膨らんでいる香奈子とクリスちゃんだった。

「春音のバカぁ！　妊婦の香奈子をこんなことで、呼び出すんじゃないわよぉ！　ちょっと、香奈子。あなた、安静にしておかなくて大丈夫なの？」

「むしろ逆。先生には、適度に運動しろって怒られたぐらい」

そう言って、香奈子はまん丸になったお腹をぽんぽんと叩く。

「そうなの？」

「そう。だから、散歩がてら、あんたの顔を見に来た。ねえ、クリスちゃん？」

「ああ、こう見えて、料理は得意だ」

「……ありがとう」

大変な時に二人がわざわざ私の為に来てくれたことが、素直にうれしかった。

感極まるとはこのことだ。

「まあ、あたしもそこまで料理上手って訳ではないけど、基礎ぐらいは教えてあげられるわよ」

「ビシバシ鍛えてやる」

香奈子とクリスちゃんはそう言い笑顔でピースサインを向けてきた。

ああ、やっぱり香奈子とクリスちゃんは私のサイコーの友人たちだ。

「ところで、敬と白馬は？」

「え？　どうして、二人が出てくるの？？？」

「うん？　この屋敷で、お手伝いがあるからって二人とも言ってたわよ」

「……プロレス観戦に出かけたんじゃないの？」

「この時期に近場で、プロレス観戦なんて開催されていないはずよ」

「アイツらなら、駅前に向かっているのを見たぞ」

「なるほど。朝から少し挙動不審だったのは、やましいことがあったからなのね」

てっきり、怒っている私に畏怖しているものだとばかりに思っていたけど……。

「……どうやら……」

「……そういうことみたいね……」

あのバカたち、私たちに何か、秘密にしていることがあるわね……。

そして、私たちは笑顔で帰ってきた、バカ二人を笑顔で尋問した。

その結果、バカ二人はプロレス観戦ではなく『白森雪（しらもりゆき）』という名のアイドルのライブに出かけていたことが判明した。

もちろん、その後は私と香奈子で、バカ二人に四十八のプロレス技をかけ、これでもかと、お仕置きしたのは言うまでもない。

第四章　ボクと姫のお姉ちゃんとの約束

トウカさんが未来へ帰って数週間経った。

電話で別れを済ませていたらしいが、トウカさんが我が家から旅立ったことに両親も惜しんでいた。

本音を言えば、トウカさんがいなくなってボクも寂しい。

けど、今のボクに悔やんでいる時間はない。

ボクはトウカさんと約束したんだ。トウカさんに夏美さんと姫城家の人たちを任されたんだ。くよくよしている時間なんてボクにはない。

だから、ボクは夏美さんのお見舞いに足繁く通った。

時には香奈子を連れて、時には春川敬と一緒に、ある時にはボクの両親を連れ、夏美さんの病室へ遊びに行った。

夏美さんは喜んでいたと思う。少なくとも迷惑だとは思ってなかったはず。

だが、現実はやっぱり残酷で、会いに行くたびに夏美さんの容態は悪化していった。

最後には自らの足で歩くことも困難になっていた。

そして、夏美さんは病院を退院することになった。

説明はされなかったけど、病気が完治したからの退院ではないことだけは理解できた。

たぶん、残り少ない時間を生まれ育った場所で過ごすための、自宅療養なのだと思う。

それはつまり、もう夏美さんの命が長くないことを意味していた。

そして、彼女が屋敷に帰って来て数日後、彼女の退院祝いという名目でボクは姫城家の屋敷に招待された。

春音ちゃんの誕生パーティーとは打って変わって、今日は屋外ではなく、屋内でのちょっとしたパーティーとなった。

春音ちゃんの誕生パーティーほどではないけど、数十人が招待されたようだ。

その中には当然、ボクや香奈子も含まれた。

その他にも、夏美さんの友人や、恩師らしき人もいた。

ボクは夏美さんたっての希望で手品をみんなの前で披露することになった。

今日の相棒は姫城さんではなく、車椅子に乗った夏美さんだ。これも彼女たってのお願いだ。

本日の主役で、おもてなしされる立場なのに接待する役をやりたがるなんて、姫城夏美という女性は根っからの人を喜ばせたい性質の持ち主なのだろう。

「では、今から夏美さんが持っているスプーンを念動力で曲げて見せます……」

ボクは手に持っている杖を適当にグルグル回す。

すると、夏美さんが手にあるスプーンが……。

「……白馬君、曲がってないんだけど？」

「おっと、失礼しました。念が足りないみたいです」

もう一度手に持っている杖をぐるぐる回す。

「……白馬君、やっぱり曲がっていないぞ……」

「あれ？　お、おかしいな？　で、では、もう一度やります」

ボクは焦ったふりをする。もちろん、それは演技で……。

「あっ！　春音のスプーンが曲がっているです！」

「え？　あっ！　たかきゅん、見て見て、あたしのスプーンも曲がってる！」

「どうやら、間違えて他の人のスプーンを曲げてしまったようです。仕方がない。夏美さん、そのスプーンを思いっ切り振って貰えますか？」

「うん。——えいっ！」

すると彼女が持っていたスプーンが、

「おっ！　フォークに変わった！」

ギャラリーから笑いと拍手が起きる。

隣にいる夏美さんもクスクスと笑っていた。

手品を披露して、一番うれしいのは、人の笑顔が見れることだ。

この時ほど、手品を覚えてよかったと思うことはない。

その後も、お札やコイン、トランプなどを使った手品や、水が入ったペットボトルをひっくり返し、水が落ちてこない手品など色々と披露した。

手品を披露するたびに、観客から笑いが起きた。

今日の手品は驚かせるよりも、笑わせる方向重視で手品を披露した。

その方が、夏美さんも他の人たちも喜んでくれると考えたからだ。

結果的にこっちでよかったなと思った。今回は判断を間違えなかった。

そして、楽しかったパーティーは終わり、ボクは夏美さんと二人で庭に出ていた。

ボクは木製のベンチに座り、彼女はその隣で車椅子に座り、いつか見た白いカエルのぬいぐるみが抱かれていた。どうやら、姫城(ひめぎ)さんからプレゼントされたみたいだ。

「今日はありがとう。楽しかった」

「いえ、みんなに喜んで貰えてよかった」

彼女の左腕にはシルバーのブレスレットが付けられていた。姫城さんも春音ちゃんも同じブレスレットが腕に付けられていた。どうも、姉妹で同じモノを付けてることにしたみたいだ。きっとこのブレスレットは姉妹の絆(きずな)の証(あかし)なのだろう。

「ホント、喜んで貰えてよかった。もしスベっていたら、このカツラを脱がなければならなかったよ」

「せめて、ウィッグって言いましょうよ」

ずっと気づいていないふりをしていたのに、急にカミングアウトしないで欲しい。

「まあ、そうならなくってよかった」

心地よい風が吹く。草が揺れ、虫の鳴き声が聞こえる。

「春ももうすぐ終わりだね……」

「……そうですね」

夏美さんは目を閉じ、春風を感じていた。

きっと、彼女にとって、春はもう二度と訪れることがない季節だ。

そう考えると、やっぱり別れが切なくなるな……。


「――合格！」


「――え？」

「だから、合格。君になら、冬花を、家族を託せるよ……」

「…………」

「白馬君、ここは喜ぶところだぞ……」

「……そうですね」

姉である夏美さんから認めて貰えたのは素直に嬉しい。

これほど、誇らしい事はないと思う。

今なら、春音ちゃんが誕生パーティーから逃げ出そうとした気持ちが少しだけ理解できる。ボクは人生ではじめての重圧を知ったのかもしれない。

「……プレッシャーを感じてしまったのかい？」

「ないと言えばウソになります。でも、トウカさんと約束したから、最後まで責任と向き合うつもりです」

正直に言えば、自信なんてこれっぽっちもない。

また独りよがりなことをするんじゃないかと不安に襲われることもある。

それでも、ボクはトウカさんと夏美さんの想いを無下にするわけにはいかない。

それにトウカさんはボクに言った。ボクは自身の力を他者の笑顔の為に行使する人間だと。あの言葉をボクはウソにしたくない。

だから、ボクは二人との約束を守ると決めた。

「それでいい、それでいいさ。ただ、一つだけ勘違いをしないで欲しい、君は君のままでいて欲しい。どうか、そのままの君でいてくれ」

「わかってます。ボクは夏美さんの代わりにはなれません」

「迷っていい。失敗してもいい。私の期待に添えなくてもいい。でも、少しだけ私の愛した家族と共に苦しんで欲しい。酷なことを言っていることは理解している。ただ、それでも、最後に私は君を選びたい。この選択が間違っていなかったと、君を選んでよかったと思わせてくれないか」

「はい」

ボクはコクリと頷いた。

夏美さんはそんなボクの短い言葉に満足してくれたようで、クスリと笑ってくれた。

ああ、姫城さんのお姉さんなだけあって、素敵な笑顔だ……。

「ありがとう……。やっぱり、恐ろしい洞窟にこそ宝が眠っていた」

「……何ですかそれ？」

「いつか、冬花に教えて貰うといい」

「？？？」

何かのまじないなのかな？　それとも誰かの名言か？

「……まあ、姉の私から見ても、冬花みたいなタイプには白馬君のような根明の男が一番似合っていると思う。なにせ、我が妹は人一倍プライドが高いくせに誰よりも繊細な子だからね。君みたいな気配りできる男がそばにいてくれると私も安心できる」

「ボクもそう思います」

「ふふふっ。まったく……。さあ、部屋へ帰ろう。夜風は病人には酷だ」

「そうですね」

名残惜しいが……今日はここまでだ。

ボクは彼女を部屋まで送った。

部屋に送るまで、夏美さんと色々なことを笑顔で語り合った。

夏美さんの学生時代のエピソードや、姫城さんたちの小さい頃の話など。

ボクも彼女に色々と教えた。ボクがどうして手品を志したのか、手品をする前はどんなことをしていたか、これから生まれてくる弟たちのことなどを語った。

楽しい時間だった。ボクは一人っ子だから、姉がいればこんな感じなのかと思った。

もし、これからもボクと夏美さんの関係が続くのなら、ボクたちはどんな義姉弟（ぎきょうだい）になっていたのだろう……。

今のように笑い合えているのだろうか？

それなら、いいのに思った。

それなら、幸せだなと思えた。

そんな日は来ないと頭ではわかっているのに、それでもボクはそんな未来を欲した。

だって、その未来が一番最高なのだとボクは知っているから……。

要領がいい末っ子がいて、それとは正反対の少し不器用な次女がいて、気難しい父に穏和な母、そして最後には、いつもニコニコしている長女が笑顔でみんなの中心にいる。

百点満点の家族構成だ。

これ以外の方法で、満点を取ることはまず無理だろう。
そして、部屋にたどり着き、ボクたちは笑顔で手を振り合う。
また、会おうと約束をして、ボクと彼女は別れの挨拶を交わした。
でも、そうはならなかった。
神様は物語の続きを許してくれることはなく、彼女のとボクの道はここで終幕した。

これがボクと夏美さんの最後の会話になった。
これがボクと夏美さんの最後の別れになった。

彼女は六月を迎えて、すぐにこの世界から去った。
姫城家から——太陽が消えた。

第五章　ボクと姫が進むべき恐ろしい洞窟

夢を見た。それがすぐに夢だとボクは理解できた。
だって、ボクはこんな場所を知らない。来たことなんて一度もない。
だから、この満面に咲く赤い死の花はまがい物なのだと言い聞かせた。
夢だとわかっていたのに、ボクはその彼岸花と赤い空に恐れ、震えた。
真っ赤に咲く、その火花のような花が怖くて仕方がなかった。
だから、逃げた。叫びながら、全力で駆け抜ける。
右も左も分からないまま、重たい足を必死に動かした。
きっと誰も助けには来ない。だって、これはボクの夢だから……。
だから、この死の世界で誰かに会うことなんて、絶対にないのだと思っていた。
でも、違った。それは間違いだった。
――丘の上に女性が立っていた。綺麗(きれい)な黒髪の女性だ。
ボクはその女性の下まで必死に駆ける。
この残酷な世界でボクは孤独ではないことに、安堵(あんど)し、歓喜した。
そして、ボクは女性の下へたどり着く。
ボクはこの人を知っている。その人はボクを知っている。

でも、ボクの知っている人と少し違う。
ボクの知ってる彼女は黒髪ではなく白髪だった。
ボクの知ってる彼女は立つことが出来ない人だった。
ボクの知ってる彼女は眼鏡を掛けていた。
その人はボクに微笑した。ボクの知らない顔で微笑んだ。
どうして、こんな場所で彼女は笑えるのか、ボクには理解が出来なかった。
とにかく、この場所から彼女とともに逃げないとと思った。
だから、ボクは彼女の手を掴もうとした。
掴もうとしたのに、掴むことが出来なかった。
まるで、幽霊だった。もしかすると幻だったのかもしれない。
掴もうとしたのに、彼女の手はボクからすり抜けた。
ボクはそれがとても悲しく、恐ろしかった。
きっとこの手を掴めれば、悲惨な結果を変えられる気がしていたからだ。
なのに、世界はそれを許さない。世界はボクたちを甘やかしてはくれなかった。
そんな必死なボクを見て、彼女は首をそっと横に振り、もう一度微笑んだ。
そして、彼女は『さようなら』の言葉をボクに残して——消えていく。
ボクは絶望し、無力な自分に失望した。

彼岸花の花が赤い空に飛び散る。世界はより真っ赤に染まる。

そんなボクは途方に暮れ、その場で崩れ落ちることしか出来なかった。

飛び上がるように目が覚めた。汗がダラダラ流れ、とてつもなく息苦しい。

ジャージの袖で汗を拭い、スマホを手に取り、今が何時なのかを確認する。

怖い夢を見た。とても悲しい夢だった。

とにかく、胸騒ぎがした。これから嫌なことが、はじまる気がしてならなかった。

スマホに二件の不在着信の履歴が表示されていた。二件とも春川敬（はるかわたかし）からの着信だった。

彼に電話をかけ直そうとした時、スマホが鳴った。また、春川敬からの電話だ。

彼からの電話に出た。そして、短く彼に「どうした？」と言い、ボクはとぼけた。

ボクはわかっていた。彼がなんの用件で、ボクに電話をしてきたのかを……。

なのに、ボクは卑怯（ひきょう）にも、彼の口から言わせようとしていた。

だから、なのか、ボクたちは互いに口を噤（つぐ）んだ。

そして、彼は長い沈黙を破り、

『……………夏美（なつみ）お姉ちゃんが………………………亡くなった…………』

沈黙を破る言葉はとても残酷だった。

＊＊＊

笑顔の似合う人が死んだ。みんなに愛された姫城夏美がこの世から去った。
ボクは学校にいた。学校で授業を受けることにした。
朝から部屋で大暴れしてしまった。
部屋にあるあらゆるモノをひっくり返し、破壊してしまった。
行き場のない怒りをどこにぶつけるのが正解なのか、ボクにはわからなかった。
この不条理を誰に訴えればいいのか、ボクにはわからなかった。
みっともないとわかりつつも、ボクはモノに当たるしかなかった。
両親はそんなボクの行為を咎めなかった。ただただ、黙ってボクを抱きしめた。
散らかった部屋を見て、余計心を虚しくさせた。
だから、ボクは学校へ逃げた。はじめて、この場所に救済を求めた。
学校に香奈子はいなかった。春川敬も休んでいた。当然、姫城冬花も不在だった。
担任の女教師が俯きながら、姫城家の悲劇を語っていた。
その教師の言葉にここにいる誰もが黙って耳を傾けていた。

そして、いつも通り、授業がはじまった。そう、何もなかったかのように……。

当然、授業の内容など、ボクの頭にはまったく入ってはこなかった。

……やっぱり、この場所に救いなどなかった。

その日の夜は雨が降った。

まるで空まで泣いているかのように大粒の雨が降り注いだ。

ボクと両親は姫城夏美のお通夜に出席するため、斎場に訪れていた。

多くの人が姫城夏美のお通夜に出席していた。

多くの人が彼女の死に涙を流していた。

職員ですらも「まだ、これからなのに……」と悲しげに祭壇の写真を見つめていた。

誰もが、早すぎる彼女の死を悔やんでいた。救いのない現実に嘆くしか出来なかった。

姫城母はずっと泣き崩れていた。

姫城父は矢継ぎ早にやって来る参列者たちに頭を下げ、喪主として挨拶をしていた。

姫城冬花は放心状態で、ずっと姉の遺影写真を見つめていた。

姫城春音(はるね)も気丈に振る舞おうとしていたが、ずっと手が震えていた。

痛々しかった。とても直視できる光景ではなかった。

トウカさんの話が本当なら、未来の王寺白馬(おうじはくま)はこの困難を乗り越えてたらしい。

ボクにこの家族の痛みを癒(い)やす力があるのだろうか？

わからない。何にもわからない。
ボクは痛感した。自分が特別な人間ではないことを。
今日、ボクは知った。無力がこんなにも辛いことを。
遺影写真の彼女は美しい黒髪だった。ボクの知らない黒髪……。
どうして、彼女は白髪のウィッグをしていたのだろう。
その答えをボクは知らない。問うべき相手はもうこの世界にいないから。
これが死――。これが永遠の別れ――。
……わかっていても受け入れることは出来そうになかった。
ボクは夏美さんとの思い出を振り返っていた。
最初から最後までインパクトのある人だった。
面白い人だった。笑顔の似合う人だった。変な人で優しい人だった。
スマホでしたメッセージのやりとり楽しかったな。
彼女から語られる姫城家の思い出話は本当に楽しかった。
出来ることなら、元気な時に会いたかった。
出来ることなら、もっと長い時間を共有したかった。
棺桶で眠る彼女に別れを告げた。
考えてみれば、夏美さんはずっと誰かの事ばかり考えていたな。

最後の最後まで、自分のことは後回しで家族を優先していた。

素晴らしい人格者だったとボクは思う。誰もが彼女の有り様を褒めたたえるだろう。

……でも、最後ぐらいは自分のすべきことを優先して欲しかった。

夏美さんには満開に咲くひまわり畑をその目で見て欲しかった。

それだけは悔やんでも悔やみきれなかった。

結局『ありがとう』そんな言葉しか出てこなかった。

通夜が終わる頃には、雨が止んでいた。

そして、ボクたち家族は斎場を後にする。

笑顔が消えた姫城家に背を向けたまま……。

身体はまったく疲れていないのに、心が疲労していた。

それはボクにとって不思議な感覚だった。

だから、ボクは散らかったままの部屋で寝た。泥のように眠りについた。

＊＊＊

そして、次の日——。

目を覚ましたボクは全身全霊の力を両手に込め、自身の両頬をぶっ叩いた。

もちろん――バチンという大きな音が、この小さな家に鳴り響く。

「――――くっっっ！！！　………いったあああぁぁぁっっっ！！！」

でも、目が覚めた。やっと頭が冴えてきた。愚かな部分だけが吹き飛んだはずだ。

くよくよするのはここまで。ごちゃごちゃ考えるのもここまで。泣き言はここまでだ。

もう、落ち込まない！　もう、弱音を吐く気は一切ない！　もう、逃げない！

昨日ボクは負けた。恐怖に敗北した。恐れにより、自分らしくなかった。

自分が無力なのは痛感した。特別な人間ではないことも理解できた。

――だからなんだぁ！　それがどうしたぁ！　そんなものはクソくらえだぁ！

なにが『ありがとう』だ。――違うだろう！　全然違うじゃないかぁ！

ボクは二人に何を約束した！　何を受け継ぎ、何を背負うと決めた！

夏美さんへ伝えるべき言葉は『ありがとう』なんて薄っぺらい言葉ではない。

今日ボクはそれを夏美さんに伝える。そうしなければいけない。

でなければ彼女に合わせる顔がない。彼女を安心させて送らないといけない。

それが、少し先の未来を知ったボクが背負うべき代償と責任だ。

もう、恐れない！　――自分がやるべき責務を果たす。

そう決めたボクはもう一度、自分の頬を全力で叩いた。

――バチンという大きな音がこの小さな家に響いた。

きっとボクの両頬は真っ赤に腫れ上がっているだろう。

だが、それでいい。おかげで完全に目が覚めた。

「おうおうおう……。朝から気合いが入っているな」

父がドアの前に立っていた。腕を組んで、ボクをじっと見つめていた。

「……自分のすべきことがようやく理解できた」

「そうか。いい面構えになりやがって……お前、少しだけ大人になったな……」

父はにっと笑った。

ボクもにっと笑い返した。

「二人の分もお別れしてくるよ」

両親はどうしても外せない用があるので、今日の葬儀と告別式にはボクだけが参加する。

「ああ、今のお前になら任せられる」

「着替えたら、行って――」

――スマホの着信音が鳴った。誰かがボクのスマホに電話をしてきたようだ。

「……香奈子(かなこ)？」

スマホの画面に『チビの香奈子』と表示されていた。

ボクはスマホの画面をタップし、電話に出る。

「どうし——」

『——た、たた、大変！　大変なのよぉ！』

スマホ越しからでもわかるほど香奈子は慌てていた。微かだけど、春音ちゃんの泣き声が聞こえた。どうやら、近くに姫城家の人たちがいるみたいだ。

「何が大変なんだ？」

『——姫城さんが部屋に閉じこもった。——部屋から出てこないのよぉ！』

何故かわからないけど、ボクはその言葉を聞いても驚くことはなかった。

「………香奈子、姫城家の人たちに伝えて欲しい」

『なにを？』

「——ボクがなんとかする」

『ちょ、ちょっと！　なんとかって、いったい、どうする気よぉ！　あてはあ——』

ボクは通話を切った。

そして、スマホを操作して、フォトアプリをタップした。

スマホの画面にはウエディングドレスの女と病衣の女が写っていた。

相反する服装の二人が幸せそうに笑っていた。

ボクは約束した。この世界にいない二人と反故にしてはいけない約束をしたんだ。

「父さん、お願いがある」

こんな終わり方はボクが許さない。

＊＊＊

姫城さんの部屋の前には人垣が出来ていた。

皆が普段の格好ではなく、喪服を身に纏っていた。

春音ちゃんは泣いていた。どんなに辛くても天使のようにニコニコしていた子が、ぽろぽろと涙を流していた。……バカ野郎……妹を泣かせるなよ……。

そんな中、この屋敷の主である男がドアをバンバン乱暴に叩き、中に居るであろう娘相手に説得をしていた。姫城父のその顔には焦りが見えた。まさか、娘が立てこもるとは考えもしなかったんだろうな。

そして、この屋敷の主はドアを叩くことをやめ、その場に頽れた。

ボクはこの男が好きではない。好きではないが、大事な娘を亡くしても、それでも毅然とした態度で喪主を務めていたこの男を心から尊敬した。大人としての責任を果たそうとするこの男の強さを見せて貰った。そんな男が頽れ、心が折れ、男泣きをした。

このままだと、この場にいる全員が欠席になってしまうな。

そんなことになれば夏美さんに合わせる顔がない。

ボクはおろおろしている香奈子に近づき、香奈子の肩にそっと手を置いて、

「みんなは先に斎場へ行ってください。ボクが必ず彼女を連れて行くから」

この場にいるみんなが一斉にこちらを振り向く。

「どうするのよ？　カギかけられているわよ」

「なんとかする」

そして、ボクはドアの前で頽れている男に近づき、

「ボクに任せてもらえませんか……」

姫城父は立ち上がり、親の仇に出会ったかのように、ボクをじっと睨みつけた。

ボクはそんな男から視線を逸らすことなくじっと見つめ返す。

すると、姫城父は俯き、

「…………………すまん。娘を頼む……」

男は深々と頭を下げた。下げたくもない頭をボクに下げた。

そして、ボクは次に泣いている春音ちゃんの前に跪き、

「大丈夫だから」

精一杯の強がりを言って、春音ちゃんの頭を軽く撫でた。

「お願いです。冬花ねぇを連れてきてくださいです」

「ああ、約束する」

そして、この場にいるみんなが斎場へ向かった。ボクが彼女を連れてくると信じて。

さて、はじめるか……。

ボクはポケットからヘアピンを取り出し、ドアの鍵穴に突っ込んだ。

「よし、開いた！」

僅か数秒で、ドアのカギを解錠できた。

……マジシャンよりも、ボク怪盗になるべきかもな。

と、自画自賛している場合ではないな。

ドアを開けて、姫城さんの部屋の中に侵入する。

部屋に入ると喪服姿の彼女がベッドに座っていた。

そして、姫城さんはボクを睨みつけ、ぬいぐるみを投げつけてきた。

ボクはそのぬいぐるみをひょいと回避する。

「いきなりですね……」

姫城さんの部屋は散らかっていた。たぶん、ボクと同じで大暴れしたのだろう。

彼女はボクを睨んだ。ボクはそんな彼女の鋭い眼光を受け流した。

そして、ボクは許可など取らず、彼女の隣に座った。肩と肩がぶつかる距離に座ってやった。すると、彼女は拳一つ分ボクから離れた。……ボクは傷ついた。

腹が立ったので、空いた隙間分、近づいてやった。すると、今度は拳二つ分離れやがった。………ボクはもっと傷ついた。

「行かないから。私、絶対に行かないから！　骨になった姉さんなんて見たくない！」

ボクだって見たくはない。あの美しい人が骨になる姿なんて瞳に焼きつけたくはない。

それでも、ボクたちは見届ける義務がある。それを破棄することはいけないんだ。

「はあ〜〜。わかった。よく理解した」

「そう、なら——」

「——ボクもここに残る」

「——え？」

ここにたどり着くまでに色々とシミュレートした。どうすればこの頑固女を説得出来るだろうかと？　ない頭をフルに使って色々と考えを巡らせた。

無理矢理に連れて行くのはボクの主義に反するし、そんなことをすれば必ず遺恨が残ることになる。だから、正攻法で彼女の説得を試みようと考えたが、それは無理だとすぐに悟った。なにせ、この女は超がつくほどのワガママ姫だ。

生半可な説得では首を縦に振ることはない。一度こうと決めたら梃子でも動かない頭の固い女だ。それはこのひと月、一緒に住んで、嫌というほど理解したつもりだ。

その結果出た答えがこれだった。今のボクが彼女を説得できる唯一の手段だった。

これは賭けだ。乾坤一擲の一手だ。これが無理なら………考えるのはやめておこう。

でも、ボクには自信があった。このカードを切れば彼女は必ずボクに降伏すると確信していた。なにせ、このひと月、一緒に住んで、彼女のことはよくわかったつもりだから。きっと彼女はボクを見捨てない。ボクに罪を背負わせたりはしない。ボクの好きになった人はそんな薄情な女の子ではないはずだ。

「……わ、私は行かないけど、き、君は行きなさい」

震える口で彼女は言った。明らかに動揺している。やっぱり、この方法が正解だった。

「いや、君が行かないなら、ボクも行かない」

ボクはきっぱりと言い切った。彼女の腫れ上がった目を見て、

「断言してあげるけど、今日、このまま一日をここで過ごしたら、君、後で絶対に後悔する。その時になっても、時間は戻せないから。後悔しても遅いから」

「……そんな……こと……」

「だから、一緒にその愚かな行為の片棒を担いでやるよ」

「……なんで……」

「一人で罪を背負うよりも、共犯者がいた方がいいだろう。これで罪は軽減だ。なにせ半分はぼくが背負ってやるからな」

「……そ、そんなの半分になるわけないじゃない！」

その通りだろう。罪が半分になるどころか、倍だ。

この先、彼女はボクの分まで愚かな罪を背負うことになる。

彼女の性質からして、ボクが葬儀に行かなかったことを心から悔やむだろう。

自分だけではなく、ボクも行かなかったことをずっと呪い続けるだろう。

それを彼女は瞬時に理解した。その後の人生を想像した。

そう、これは説得などではない——ある種の脅しだ。

ある意味で無理矢理連れて行くよりもタチが悪いかもしれない。

なにせ、生殺与奪の権利を彼女に譲渡したのだから、これほど卑怯な手はない。

それでも縄でくくりつけて連れて行くよりはずっとマシだとボクは思った。

出来れば、彼女には自身の意思で立ち上がって欲しかった。

「少し遅いけど、朝食でも食べに行こう。ボク、昨日の朝からなにも食べていないから、ぺこぺこのペコちゃんなんだ」

ボクはベッドから立ち上がった。正直に言えば、朝メシを食べている時間などない。

そんなことをしている間に夏美さんは火葬されるだろう。

だから、本当は一分一秒も時間を無駄にしたくはなかった。

でも、ボクはそんな焦りを隠し、いつも通りのトーンで彼女を食事に誘った。

「卑怯よ！　ズルよ！　それと何がぺこぺこのペコちゃんよ！　面白くないし！　すごく気持ち悪い！」

彼女もベッドから立ち上がった。そして、まっすぐな瞳でボクを睨みつけてきた。

「………」

白状すると、想定外だった。

ボクの計算では彼女はここで折れて葬儀に着いてくると思っていた。

どうやら、ボクが思っているよりもずっとずっと頑固な奴だったみたいだ。

まさか、『逆ギレ』という名のカードを切ってくるとは考えもしなかった。

仕方が無い。真っ向から勝負してやる。そのケンカを買ってやるよ。

そんな苦し紛れに出してきたカードなどボクが粉々に砕いてやる！

「はっはっはっはっは……。マジシャンはみんなズルで、卑怯なんです！」

「マジシャン？　プロでもないくせに、一人前みたいに言わないでくれる！　そんなんだから、モテないのよ！　そんなんだから私にフラれるのよぉ！」

「うぐっ！　君って、本当に性格悪いよね」

「それはお互い様でしょう！　こ、この残念王子！」

「ボクが残念王子なら、君は気の毒姫だ！」

「――バカ王子！　アホ王子！　マヌケ王子！　ガッカリ王子！」

「――ワガママ姫！　ガンコ姫！　ネクラ姫！　ドジ姫！」

「――ダメダメ王子！　オタク王子！　チビ王子！　スケベ王子！」

「――臆病姫！　性格ブス姫！　ビッチひ――いーたーいっ！」

罵詈雑言の果てに、性格ブス姫は、ボクの右のすねを全力で蹴ってきた。

マジ痛い！　こ、コイツ躊躇なく本気でボクの足を蹴りやがった！

あまりの痛さにボクはその場でぴょんぴょんと飛び跳ねた。

「誰がブスですってぇ！　後、私……ビッチじゃないしぃ！」

「ぼ、暴力反対」

とりあえず、先に手を出してきたのは彼女なのだから、この口喧嘩はボクの勝利にしておこうと思う。

「行くわよ！　行けばいいんでしょう！」

「……最初から、そう言って欲しいもんだ」

まったく、本当に面倒くさい女だ。

彼女の旦那になる男はさぞかし苦労するだろうな。

「本当に一言多い、残念王子ね」

「それはお互い様だ」

「……ふふ…………」

「……あっは…………」

「ふっふっふっふっ……」

「あっはっはっ……」

そして、ボクたちは互いを指さし笑い合った。腹を抱えて大笑いした。

ボクと彼女は初めてケンカをした。初めて言いたいことを言い合った。

ボクと彼女は初めて向き合った。初めて互いの心を少しだけ理解した。

だから次は同じ方向を見なくてはいけない。

そう、向き合うのではなく、進むべき方向を見るんだ。

「大丈夫、ボクがずっとそばにいるから」

今のボクたちなら、きっと恐怖も共有できるはずだ。

「…………約束よ。破ったら許さないんだから」

ボクは彼女の柔らかい手をぎゅっと掴(つか)んだ。

彼女もボクの手をぎゅっと掴み返してきた。

「ほら、行こう。結婚式は何度でもできるけど、お葬式は一度きりだ」

ボクたちは庭まで全力で駆け抜けた。

そして、庭にたどり着き、

「……え？　タクシーとかを待たせていたんじゃないの？？？」

姫城(ひめぎ)さんはボクが乗ってきたモノを見て驚いた。

「ボクがそんなお金を持っているわけないじゃん。だから、父から――」

「――借りたの？」

「買わされた。毎月五千円の六十回払いで、王寺ローンを組まされた……」

普通は息子のピンチに喜んで手を貸すのが、父親としての務めだとボクは思う。

なのに、息子に高額で売りつけてくるなんて……。

これだから、貧乏人の商人は嫌いなんだ。

「……それで、このオートバイなの？　あなた、自分の名前にコンプレックスを持っているのよね？」

「言っておくけど、ウケ狙いで、このオートバイをチョイスしたわけじゃないから。父親の名義で、すぐ動かせるのがこれしかなかっただけだから……」

元々、店で売るためのオートバイではなく、父がセカンド・バイクとして乗るために入手した趣味のオートバイだ。

「ふーん、いいじゃない。私、この子が気に入ったわ」

姫城さんはそう言って、オートバイのタンクを優しく触る。

「まさしく白馬の王子様ね」

父から購入したオートバイはサビ一つない純白の色をしていた。

何て名前なのか知らないけど、タンクに馬のエンブレムがあるオートバイだ。

まあ、ある意味でコイツも……白馬だな。うん、白い鉄馬だ……。

「それで、運転はできるの？」

姫城(ひめぎ)さんはジト目でボクの運転技量を疑ってきた。

「大丈夫。久々の運転だったけど、問題はないよ」

「本当に？」

「姫城さん、こう見えて、ボク手品よりもオートバイの方が得意なんだ。ウソだと思うなら、今度、家の店に来てみなよ。トロフィーやメダルが飾られているから……」

超自慢だけど、ロードレースのジュニアでは無敗の記録を持っているし、雑誌にだって何度も載ったことがあるんだぞ。

「へえー、そうなの」

あれ？　全然食いついてこなかった。

ボクの過去にまったく興味ないのかな？　ま、まあ、いいや……。

それよりも、今はいち早く斎場に向かわないと。

「安全運転で行くから安心して」

「うん。わかった」

そして、ボクたちはこの白い鉄馬で、斎場まで向かい、なんとかギリギリ、火葬される前の夏美(なつみ)さんに会うことが出来た。

ボクは約束通り、ずっと彼女の隣にいた。

ボクたちは泣いた。

骨になってしまった彼女を見て、その場で崩れ、大泣きした。

そして、ボクたちは姫城夏美と永遠のお別れをした。

ボクは誓った。彼女にもう一度約束をした。

――夏美さん、きっとこの先、ボクたちは何度も困難に直面し、何度も挫折し、何度も絶望すると思う。

その度に、ボクは自分の無力を呪い、力のなさに嘆くんだろう。

それでも、ボクは逃げない。絶対に逃げないと決めた。

あなたの想いはボクが――いや、ここにいるみんなが引き継ぐよ。

あなたが愛した人たちが、あなたの想いを受け継ぐ。

だから消えないよ、消えることだけはないから。

大丈夫だから、安心してゆっくり眠って欲しい。

さようなら、ボクたちが愛した人。

さようなら、ボクたちを愛した人。

さようなら――お義姉さん。

姫城(ひめぎ)トウカ　レミニセンス5

大学最後の夏、私とはーくんはオートバイで旅をした。
最初は東京を目指し、そこで私たちは東京タワーに登った。
あれだけ登りたくないって言ったのに、このバカは嫌がる私を無理やり登らせた。
誰よ、ガラス床なんて危ないものを作ったアホは！
もう少しで、ちびるところだったんだからぁ！
なんで、怖い思いしてまで、六百の階段を登らないといけないのよぉ！
まあ、ソフトクリームは……おいしかったけど……。
そして、そのまま東北を縦断して、最終目的地である北海道のひまわり畑に到着した。
ひまわり畑はまさに圧巻の一言で、どこを見渡しても黄色一色だった。
私はその壮大な景色に言葉を失った。日本の最果てにこんな場所があるんだ。
風に乗って、ひまわりの花の匂いが私の鼻孔を刺激する。
その匂いはどこか、懐かしい姉と同じ香りがした。
姉さんはこの景色を目にしたかったのか……。
「すごいな、一面……ひまわりだ」
「……う、うん。ここまでとは思っていなかった……」

本当に想像していたよりも、ずっと綺麗……。

旅を提案したのは彼だった。

急にどうして、そんなことを言い出したのか、わからなかったけど、とにかくうれしかった。

この素晴らしい景色を彼と共有出来ていることに幸福を感じた。

また、ここに二人で来たいな。

「冬花」

「うん？」

「信じないかもしれないけど、夢の中で夏美さんが出てきた」

「――え？」

「それで、冬花をここに連れて行けってお願いされた」

「………………」

「だから、君をここに連れて来た」

「そっか。ありがとう、はーくん」

夢の中で夏美姉さんとお話ししたんだ。

それはただの夢なのかもしれないし、本当に姉さんからのメッセージだったのかもしれない。

どちらにせよ、彼の口から、姉の話を聞けて少しうれしかった。

「と、冬花！」

「うん？　なに？」

彼は真剣な表情で、私の顔をじっと見つめ、

「また、来年も再来年も、このひまわり畑を見に来よう……」

「うん、そうだね。来年も再来年も来よう」

うれしかった。彼も私と同じ気持ちなのが。私と同じことを考えていたことが。

「……あ、いや……そういう意味ではなくって……いや、そういう意味もなんだけ……」

「うん？？？」

「ああっ、もう！　今日の君は察しが悪いな！　なんで急にニブチンになるかなぁ〰〰」

何故、彼が私に怒っているのか、まったくわからなかった。

どうして、こんなに顔を赤くしているのか意味不明だ。

「つまり、さっきの言葉は……その……なんだ……えっと……」

「ごにょごにょ喋らないでよ？　そっちこそ、急にどうしたのよ？」

いつもの彼らしくなかった。

私の知っている彼は少なくとも、言いたいことだけははっきり言うタイプの人間だ。

そんな彼が私の顔を見つめ、照れている。

こんな姿の彼を見るのは、はじめて告白された、あの時以来ではないだろうか？

「――冬花、ボクと結婚して欲しい！」

彼の言葉は優しい風に乗って、確かに私の耳に届いた。

交際を申し込まれたことは百回近くあるが、結婚を申し込まれたのは、これがはじめてだ。そう、結婚を申し込まれたのはこれが、一回目で人生はじめての経験になる。

あっ！　私……いま彼にプロポーズされたのか……。

そんな彼は不安そうな表情で訴えかけるように言った。

「返事を聞かせて欲しいんだけど？」

「ご、ごめんなさい……」

「へぇ！　ふ、ふふ、フラれたの、ボク？」

「あ、違う、違う、違う！　このごめんなさいは、プロポーズに気がつかなくてのごめんなさいのごめんなさい。えっと…………………………うん、結婚しよう！」

「なんか、すごく間があったんだけど？」

「だって、急だったから……」

香奈子と敬が結婚をして、仲睦まじくしている姿を目で見て少なからず、私も結婚を意識するようにはなった。

結婚するなら、はーくん以外は絶対に無理だし、はーくんが他の女の子と結婚するなんて考えたくもない。

子どもだってそうだ。はーくんと私の赤ちゃんならいくらでも産んであげたい。

いつかは彼からプロポーズされる、と不安に思いながらも待っていた。

でも、それはもうちょっと先の話だと思っていた。

だって、私まだ、二十一歳だし……。まだ大学四年生だし……。

早い気もするけど、このチャンスを棒に振るのはダメなことぐらいは理解している。

人はいつ死ぬのかわからない。

姉がこの世を去って、私の中でそういう価値観が生まれてしまった。

そう、世界は甘くない。世界は明日を保証してはくれない。

だから、欲しいものは後回しにしてはいけない。それが姉の死から学んだことだ。

「そ、そうなんだ。君には昔こっぴどくフラれた経験があるから、少し不安だったんだ」

「……あの時は……ごめんなさい」

「いや、別にいいんだ。もう、過去のことだから……」

「まあ、もうちょっと先の事かと思っていたけど、結婚しましょう！」

「ありがとう。冬花(とうか)、ちゃんと幸せにするから」

「うん。私も君を幸せにする」

そして、私たちはそっと口づけを交わす。

数え切れないほど、キスしたけど、今日が一番うれしいかもしれない。

「愛している」

「私も君が世界で一番好き」

なんだか、気恥ずかしいな。こんなにドキドキしたのはいつ振りだろう……。

「それよりも、はーくん、結婚を申し込むなら、アレがいるでしょう？　アレ？」

私は左手を彼に差し出して、今か今かと指輪を付けて貰うのを期待する。

「アレ？　アレとは？」

「だから、アレよ？　アレ？」

私は左手薬指をくいくいと動かす。

もう、どうして彼はいつも私を焦らすのかしら。

「…………」

すると彼はその場で固まり、ばつの悪いような、申し訳ないような顔をした。

「……あ、ああ……プロポーズする時って、指輪……いるの？」

目をパチパチとさせて、真顔で聞いていた。

「うん。当たり前でしょう？」

最近では指輪を渡さないプロポーズもあるらしいけど、はっきり言って邪道ね。

少なくとも、真っ赤なバラぐらいは用意しているわよね？？？

ほら、いつもみたいに手品で指輪か、バラを出してよ……。

「そ、そうなんだ……」

「それで、指輪は？」

「……わ、忘れました。誠に申し訳ございません」

彼はがっくりと肩を落とし、項垂（うなだ）れる。

私も肩を落とし、項垂れた。

はぁ～～。一世一代のイベントなのに……。

ふふふ……。まったく、この男はいくつになっても残念王子のままね。

でも、私が好きなのはクールで格好をつけた白馬（はくば）の王子様ではない。

そう、私が愛している王子様は、この少し残念で手品が得意な王子様だ。

「ちゃんと、用意するから、少し待って欲しい」

「わかった。気長に待つわ」

締まらないプロポーズだったけど、私は今日という日を決して忘れないだろう。

ああ、お婆（ばあ）さんになっても、この人と、またこのひまわり畑を見に来たいな……。

そんなことを考えながら、幸せをかみしめる、私だった。

第六章　ボクと姫がたどり着くべき場所には宝が眠っている

夏美さんが永逝して数日が経った。

あれから、ボクはいつも通り過ごしている。

香奈子もたかきゅんもいつも通りラブラブしている。

父と母もいつも通り、自分たちのやるべき職務を果たしている。

そう、いつも通りの日常に戻そうとしている。そうすることが彼女たちの願いだから。

そんなボクは姫城さんに屋敷にお呼ばれされていた。ボクに大事な話があるらしい。

ボクは大人しく庭の大きな屋根付きベンチに座り、彼女が現れるのを待っていた。

優しい風がすっと吹き心地いい。鼻歌でも歌いたくなってくるな……。

そんな物思いにふけっているボクの前に、お呼びでない男が視界に飛び込んできた。

「あっ！　おっさんだ」

この屋敷の主と目が合った。ちょっと距離があるけど、間違いなくボクと目が合った。

そして、姫城父はボクの顔を見つめながら、ニコリと満面に笑みを浮かべ——中指を立てて、ボクに挨拶してきた。

……なるほど、姫城家では中指を立てて挨拶するのが、友好の証らしい。

ボクもその慣わしに従い、ニコリと百点満点の笑顔を見せ、姫城のおっさんに中指を立て挨拶を返した。

もちろん、姫城のおっさんはその場で地団駄を踏み、ボクに憤慨した。

顔を真っ赤にして、こちらに近づいてくる姫城のおっさん。

おっ！　ボクとやる気なのか？　手品師にケンカを売る気か？

いいぞ、そのケンカを買ってやる！

臨戦態勢を取るため、立ち上がろうとした、その時——。

姫城のおっさんの前に黒い猫が現れ、おっさんの前に立ちふさがる。

そして、ボクは目を疑う光景を目にする。

「うん？　んんん？？？」

姫城のおっさんは、その場で両膝を突き、黒猫にぺこぺこしはじめた。

「はあ？　え？　うんん？」

な、なんで、あのおっさんは急に黒猫を崇めはじめたんだ？？？

ど、どうして、あのおっさんは猫に怯えている？？？

なんだ？　姫城家では猫が一番偉いのか？　姫城家では猫は神様と同列なのか？

それともボクを笑わせるためのウケ狙いのボケか？？？

しかし、なんてシュールな絵面だろうか。中年男が猫に本気で頭を下げている。

とりあえず、面白い動画が撮れそうなので、スマホで撮影してあげよう。

ポケットからスマホを取り出そうとした、その時――。

「――え？　こっちに来たんだけど……」

黒猫は姫城のおっさんをぷいと無視して、ゆっくりとした足取りで、こちらに近づいてくる。え？　ええ？　こ、怖いんだけど……。

ちなみに姫城のおっさんはこの隙にと言わんばかりに、一目散にダッシュで逃亡した。

ん？　あれ？　この黒猫……斎場で見かけた猫と同じ猫ではないか？

「この特徴的なくりくりの目……やっぱり、あの時の黒猫だ」

そして、黒猫はボクの膝にちょこんと乗ってきた。

どうやら、この猫、ボクの膝の上が気に入ったみたいだ。

「おまえ、この屋敷の飼い猫なのか？　それとも、首輪がないから、野良猫か？」

どちらにせよ、なかなか人懐っこい猫だ。

そして、ボクは黒猫の背中をやさしく撫(な)でた。

よく手入れされているのか、さわり心地はすごくよかった。

「よし、よしよし……。好物はなんだ？　チーズか、魚？　それとも鶏肉(とりにく)か？　お兄さんに好きなものを教えなさいぃ〜〜〜」

「……………ちゅ〜るのほたて味…………」

……………………うん？　うん？？？　い、今、なんか……声が聞こえた気がするぞ？

ボクはキョロキョロと辺りを見渡す。

人間らしき人物は、遠くから、ボクに手を振っている姫城さんぐらいしか見当たらない。

どうやら、幻聴ではなく、姫城さんの声だったようだ。

ボクは彼女に手を振り返す。彼女はニコリと笑ってくれた。

どうやら、こちらも少しは気持ちの整理がついたみたいだ。

「相変わらず、姫城さんはかわいいな〜〜」

「……孫たちが世話になった。……ありがとう」

「…………」

……なんか今、猫が喋った気がするんだけど……。き、気のせいだよな？？？

「やっぱり、疲れているのかな？」

「待たせたわね」

「そこまで待っていないよ。それよりも、首輪がないけど、この猫は姫城家の猫なの？」

「え？　猫？？？」

「ほら、コイツ……」

ボクは黒猫を抱きかかえて、姫城さんの顔の前まで近づける。

すると、姫城さんはフリーズした。黒猫を見て固まった。

あれ？　もしかして、姫城さんって……猫が嫌いなの？？？

「ひ、姫城さん？？？」

すると、姫城さんは黒猫をじっと見つめ……。

「——きしゃあああああああああああああああああっ！」

信じられないことに、姫城さんは鬼の形相で黒猫を激しく威嚇する。

当然、黒猫はびっくりして、どこかへ走り去った。

「え？　へぇ？　えぇぇ？？？　ど、どういうこと？　どういうこと？？？　ど、どうしたの急に？？？」

流石(さすが)のボクも動揺してしまった。な、なんで、この人、急に猫を敵視しているの？？？　え？　なんなの？　なんなの？？？　姫城家の人たちってなんなの？？？

父親は急に猫にぺこぺこ頭を下げるし、次女は猫を威嚇するし、本当になんなの？？？

親子そろって、情緒不安定にもほどがあるだろう……。

果たして、ボクにこの人たちのアフターケアが出来るのだろうか？

夏美(なつみ)さん、ごめんなさい。ちょっとくじけている自分がいます。

「猫をいじめるのは感心しないよ」

「猫ならね。まったく、あの根無し草はろくでもないわね……」

猫が逃げた方向を見つめながら、悪態をつく姫城さん。

どうやら、姫城さんは猫が相当嫌いらしい。

その後も姫城さんは「早く異世界へ帰ったらいいのに」とか「何が、世界を救っていたよ」などと、ブツブツ文句を言っていた。

異世界？　世界を救う？　なろう小説の話かな？？？

そんな彼女は少し不安そうな表情をして、

「……ねえ、王寺君、我が家の祖母が魔女だって言ったら、笑う？」

そんなことを聞いてきた。もちろんボクは素直な気持ちを彼女に言った。

「別に驚かないし、笑わないよ」

だって、その辺の話はトウカさんに教えて貰ったし。

「本当に？　だって、魔女よ、魔女？　普通は笑うでしょう？」

「安心して欲しい。君の言葉なら、ちゃんと信じるよ」

「…………ありがとう。いつか、祖母のことも相談に乗って欲しい」

「そうだね。ボクもいつか、姫城さんのお婆さんに会いたいよ」

美形ばかりの家族だから、お婆さんもさぞかし美人なんだろうな。

魔女だけに、とんがり帽子をかぶっているのかな？

イメージ通り、おとぎ話に出てくる老婆みたいな魔女かな？

それとも、意外なことにロリババアタイプの魔女かも？

ボクとしては、姫城さんみたいなボン・キュッ・ボンみたいな魔女がいいな。

ああ〰〰。いつか会いたいなぁ〰〰。会って、ちゃんとご挨拶したいな……。

「そんなことよりも、王寺君に見せたいものがあるの」

姫城さんの手にはハードカバーサイズの本が握られていた。

「ボクに？」

「そう。夏美(なつみ)姉さんの部屋から出てきた、これなんだけど……」

そう言って、彼女は本のページをめくり、まるでしおりの代わりと言わんばかりに、ページの真ん中に挟まれていた写真らしきものをボクに差し出してきた。

ボクは彼女からそれを受け取る。――それはやはり一枚の写真だった。

そう、ボクにとっては普通の写真。でも、姫城家には手品のように不思議な写真だろう。

ボクは姫城トウカの真の計画を――理解した。

『――これ、昨日くれた、ひまわりの花のお返し！』

『――はーくん。ついでにこのひまわりの花も撮影してよ』

あの花は輸入品か、温室栽培で育てた花だと思っていたが、それは間違いだった。

たぶん、あの時、食べた牛肉も一年前の肉なんだろうな……。

「この写真って、王寺君の手品？　それとも合成写真？？？」

「……いや、これは手品でもないし、合成写真でもないよ……」

写真には白髪の女性が写っていた。笑顔が似合う美しい人だ。

白いワンピースに麦わら帽子。そんな彼女は太陽の下で楽しそうにしていた。

名前通り、夏の似合う彼女は黄色の花に囲まれて——笑っていた。

その彼女の右胸には『1』の数字。左の手には見たことのある懐中時計が握られていた。

その数字はタイムトラベルした証だ。そうか……彼女は過去に戻ったんだ。

「ふふふ……。くくく……あっはっはっは！　くっはっはっはっはっはっ！」

ボクは笑った。大笑いした。これが笑わずにいられるか！

大きな勘違いをしていた。トウカさんは数字が『0』になるまで再使用が出来ないって言っていたけど、それはタイムトラベルした本人だけで、違う人物が懐中時計を使うことは特に問題はなかったんだ。

トウカさんの目的はもう一度、夏美さんにひまわり畑を見せること。

最初からそれが目的だったのか？　もしかすると後から思いついた計画だったのかもしれないが、どちらにせよ、最終目的は——これだったんだ。

「でも、去年の夏は手術して、病院から出られなかったし、五月にひまわり咲いてなかっ

たわよ?」

「それでも、断言出来るよ。これはホンモノだよ。間違いなくホンモノさ」

ああ、彼女はたどり着いたんだ。

恐ろしい洞窟を抜けて——眠っている宝を見つけ出したんだ。

よかった。本当によかった。彼女はその目で満開に咲くひまわり畑を見たんだ。

彼女は願いを叶えたんだ。ボクはそれが、とてもうれしかった。

「あっはっは……。くっふふふ……うう、う、くっ……ううう………」

涙がこぼれた。ぼろぼろと涙が頬に流れた。夏美さんに『よくも、ドッキリを仕掛けたな!』と怒ってやりたいのに、その彼女はもうこの世界にはいない。

……それが無性に寂しくて、悲しかった。

「……はい」

姫城さんがハンカチをボクに差し出してきた。ボクはそれを受け取り、涙を拭った。

「ありがとう……」

「まあ、真意はわからないけど……。姉さんがこの場所へたどり着いた。今はそういうことにしておくわ……」

「いつか君にも話すよ。君がボクのことをすごく好きになった時にね……」

「何それ? そんなの一生こないかもしれないわよ」

「そうならないように努力するよ」

トウカさんと夏美さんとの出会いで、ボクは数え切れないほどのことを学んだ。

その全てを活かせるほど、ボクは聡明でもなければ強い人間でもない。

きっとこの先にある困難に何度も敗北し、何度も逃げたくなるだろう。

それでも、怖じけづかずに前に進んでいきたい。

だって、恐ろしい洞窟の先にこそ、大事な宝が眠っているのだから……。

ボクはその『もしも』をこの目で見た。

それはボクにとっても彼女にとっても幸せな物語だった。

だから、少し形が違えど、あの物語を続けられたらいいなとボクは思えたんだ。

「なんか、その余裕が……少しムカつくわね」

「そうでもないよ。余裕なんて全然ないよ……」

人を好きになることには責任は必要ないと思う。でも、その先を欲するなら、その先を歩むなら、責任と向き合う必要が出てくる。ボクは今回の件でそれを痛感した。

まだ、ボクは未熟で力なんて全然ない。だから、安易に背負うなんて口にすれば、周りは笑うかもしれないけど、それでも最後の最後までこの姫城冬花と向き合いたい。

ボクは彼女の顔を真剣な眼差しで見つめた。

すると、彼女の顔がほんのり赤く染まる。

「な、なに？　じっと私の顔を見て？」

風が吹く。

春の風とも夏の風ともどちらとも呼ぶことが出来ない、風が吹いた。

あのこっぴどくフラれた、告白から約二ヶ月。

あれからボクは少しは彼女のことを知ることが出来たと思う。

臆病で、意外と泣き虫で、頑固で、ワガママで、性格だって難があるけど……。

――それでも、やっぱりボクは彼女が好きだ。

ボクの隣に居るのは、姫城冬花でなければならない。それ以外は考えられない。

だから、時間を進めよう。彼女たちが知らない物語をここから始めるんだ。

「姫城さん、ボクたちの恋人関係の話なんだけど……」

「あっ！　それなんだけど――」

「――ねえ、姫城さん、ボクの好きな人の話を聞いて欲しいんだ――」

種を蒔こう。みんなが笑顔になる種を蒔こう。

そして、許されるなら、彼女と二人でその種に水をあげよう。

大丈夫、新しい世界へ進むための種と仕掛けは彼女たちにちゃんと託されたから……。

エピローグ

目を開けると、トイレの個室にいた。

どうやら、元の時代へ帰ってこれたようだ。

わたしは紙袋からスマホを取り出す。

「四月十五日……ちゃんと戻ってこれているわね……」

スマホの画面には六年後の四月十五日が表示されていた。

「というか、壊れていたスマホはちゃんと正常に動いている」

あと、胸の数字も消えていた。よ、よかった。胸の数字が消えていて。もし、ずっと数字が残っていたりしたら、プールとか温泉へ行けなくなるところだった。

「……とりあえず、礼拝堂へ戻ろう」

私にとっては、ひと月振りの期間だけど、こっちにとっては一分しか経過していないはずだ。だから、はーくんたちも礼拝堂で、まだわたしの帰りを待っているはず。

語ろう。このひと月の思い出を春音（はるね）やはーくんたちに報告しよう……。

タイムトラベルする前の私の心は、少しの希望と不安しかなかったけど、今はたくさんの楽しかった思い出と希望と夢が詰まっていた。

それだけで、過去に戻った価値はあったと思う。

そんなことを胸に秘めながら、トイレの個室を後にした。

そして、礼拝堂の扉を開く、そこには想像通り、旦那様と妹と祖母の三人がいた。

三人の顔を見てほっとした。

見慣れた顔を見て、無事に帰還が出来たのだと確信できた。

「おっ！　すぐ帰ってきた」

「本当に一分で戻ってきたです」

二人は笑顔で私を迎え入れてくれた。

うれしかった。やっぱりここがわたしのいるべき世界だ……。

とはいえ、ひとつ気になることがある。

「…………ねえ？　どうして、二人は正座しているの？？？」

「ひどっ！」「ひどいです！」

何故（なぜ）か、二人は正座待機していた。何をしているんだろう……この二人？

「と、冬花（とうか）ねぇが命令したです！」

「そうだよ。もしかして、忘れたの？？？」

「そうだったかしら？　何せ、わたしにとってはひと月振りになるから」

「そういう冬花も頭の上に珍しいモノが載っているぞ」

「え？　頭？　あっ！　シルクハットだ……」

頭の上にシルクハットが載っていた。これって、高校生のはーくんのやつだよね……。

いつの間に、私の頭の上に？　消える直前まで、頭には載っかっていなかったはずよね？

……まあ、流石はマジシャン、目にもとまらぬ早業ってところか……。

私はそのシルクハットを手に取る。シルクハットの中に一枚の紙が入っていた。

「ふふふ……。はい、はーくん、過去からのメッセージよ……」

わたしは立ち上がった旦那様の頭にシルクハットを載せ、一枚のメッセージを渡す。

旦那様はそのメッセージを見て、クスッと笑う。

「……まさか、過去の自分に祝福されるとは思わなかった」

メッセージには『結婚おめでとう！　嫁を泣かせるなよ！』と丸文字で書かれていた。

「冬花ねぇ、夏美ねぇには会えたですか？」

結果が気になるのか、春音は立ち上がり、私の前に駆け寄る。

「うん。会ってきたよ。会って、姉さんの心残りを少しだけ叶えてきた」

私は紙袋から一枚の写真を取り出し、春音に渡す。

春音はその写真を見て、ぽろぽろと涙を流した。

「ああ、夏美ねぇだ……。夏美ねぇが、ひまわりに囲まれているです……」

「あれ？　おかしくないか？　ひまわりが咲き始める時期って六月の下旬ぐらいからだろ？　今は四月の中旬だから、そこから二ヶ月経ったとしても、計算が合わなくないか？」

「だから、向こうの世界でもう一度、タイムトラベルをしたの、わたしではなく夏美姉さんが、ゴールデンウィークの五月七日にね」

「それでも、おかしくないか？　五月七日にタイムトラベルしたとしても、夏美さんの寿命はひと月ないはずだ。そこから、どうやって寿命を伸ばしたんだ？」

「それはたぶんだけど、タイムトラベルした人間は肉体時間が一分しか経過をしないんじゃないかしら？　そうでしょう、お婆さん？」

現に、わたしもひと月、過去にいたけど爪も髪もまったく伸びなかった。

だから、賭けに出た。不安はあったけど、自信もあった。

そして、私の賭けは見事に命中した。

夏美姉さんはタイムトラベルした先で六十日を過ごし、最後の日に満開に咲くひまわりの花をその瞳に焼きつけることが出来たんだ。

「うん？　言ってなかった？　お前の言う通り、タイムトラベルした人間の肉体時間は一分しか経過しない」

「なるほど。それなら、病魔はほぼ進行しない」

きっと、今頃、彼も夏美姉さんのドッキリに驚いているんじゃないかな……。

「春音、ちゃんと誕生パーティーで、あんた、バイオリン弾いていたわよ」

「……そっか。それはよかったです」

「あと、姉さんから、私たちへの結婚プレゼントを頂いたわ」

「プレゼント？　ボクたちに？」

「うん。タイムトラベルした先でずっと絵本を制作していたみたい……」

私は紙袋から、ハードカバーサイズの絵本を取り出す。

「冬花(とうか)、見よう」

「うん」

わたしとはーくんはベンチに腰を掛けた。

空気を読んだのか春音と祖母はわたしたちを二人にするため、そっと退室してくれた。

そして、わたしたちは、夏美姉さん自作の絵本を開いた。

むかしむかし、ある国に、とても綺麗(きれい)な三姉妹のお姫さまがおりました。

その国は王様も王女様も国民の全てが、いつも笑顔でいることで有名な国でした。

そんなある日、三姉妹の長女が不幸にもこの世から去るのです。

姫を失ったことで、国民たちは笑顔を失う『呪い』にかかります。

そう、国から笑顔が失われてしまうのです。

そんなある日、お隣の国から、手品が得意な王子様が現れます。

王子様はお得意の手品で国民たちを笑顔にし、『呪い』を解いていきます。

そのおかげか、王様、王女様、三女は笑顔を取り戻し、『呪い』から解放されます。

ですが、次女だけは笑顔になることがありません。

王子様は次女の笑顔を取り戻すべく、二人で長い旅に出ます。

道中、呪いにかかったシンデレラに出会い、二人はシンデレラの『呪い』を解きます。

また旅の道中で、呪いにかかった白雪姫と出会い、二人は白雪姫の『呪い』を解きます。

その後も二人は『呪い』にかかったおとぎ話の住人たちと出会い『呪い』を解きます。

そして、長い旅の果て、王子様とお姫様は『呪い』を治す魔法を見つけます。

笑顔を取り戻す魔法、それは『愛』でした。

そう、長い旅の果てに、二人の間には『愛』が芽生えたのです。

こうして、お姫様は笑顔を取り戻し、王子様と結婚するのでした。

そして、二人は笑顔でダンスをし、永遠の愛を誓うのでした。

これが——姉さんが最後に残した物語だった。

「いいお話だね……」

「うん。最高の物語だ……」

「ところで、この絵本のタイトルは？」

私は絵本を閉じ、表紙を確認する。

「……オウジ……クエスト……」

絵本のタイトル名は『オウジクエスト』と言うらしい。

この絵本にぴったりのタイトルだ。

「冬花(とうか)、踊ろうか、この絵本のエンディングのように」

「そうだね、踊ろう」

そして、わたしたちは立ち上がり、手を取り合って礼拝堂の中央までゆっくりと歩く。

「ちょっと、待って、冬花……」

「どうしたの？」

「いや、さっきから、このシルクハット……おかしいなと思っていたんだけど……」

はーくんは頭の上に載せていたシルクハットを手に取る。

すると、ハットの中から一枚の写真がポンと飛び出した。

わたしはひらひらと宙に舞う、その写真をキャッチした。写真には今と同じ格好のわたしと病衣姿の姉さんが写っていた。二人でピースサインをして、笑い合っていた。

「ありがとう、王寺(おうじ)君……」

「なかなかの仕掛けだ。流石(さすが)はボク」

そして、シルクハットからオルゴールが流れ始める。

最後の最後まで、彼はわたしたちを祝福してくれるのね……。

わたしたちは手に持っていたものを床に置いた。

あなたはわたしに、憎悪を語り夢の素晴らしさを教えた。

あなたはわたしに、恐怖を教え愛を与えた。

あなたはわたしに、痛みを与え消えない絆を生んだ。

あなたはわたしに、罪を生み祝福を残した。

あなたはわたしに、優しい笑顔を残し——最後は私の胸に還った。

ありがとう。ありがとう、夏美姉さん。

ありがとう。ありがとう、王寺君。

そして、わたしたちは姉の絵本になぞらえ、永遠の愛を誓い——笑顔で踊った。

もう私の世界に『呪い』はない——。

あとがき

皆様、お久しぶりです、著者のニャンコの穴です。

この度は、この小説を手に取っていただき、ありがとうございます。

さて、「姫城（ひめぎ）さん」は自分にとってのデビュー作、つまり処女作になります。

なので、当たり前のことですが、これが人生で初の続刊作品です。

今、振り返ってみれば、一巻を執筆中の時は右も左も分からない状態で、日々、自分の頭の上には大量の『？？？』が浮かんでいるような状態でした。

……ええ、毎日混乱していましたとも。ですが、あの大量にあった『？？？』も、二巻を執筆するにあたって、少しは減ったかなと（ゼロではないのかい！）。

しかし、この業界はレースそのものですね……。

疲労困憊（ひろうこんぱい）の果てに、コースで走らせることができる小説をようやく完成させたかと思えば、そのレースに、誰もが知る、十年、二十年、書き続けているラスボスのような大御所の大先輩たちや、アニメなどが決定している勢いのある人気の作家先生たちと、肩を並べ、よーいドンで、作品の順位を争わなければならない。そう考えると、自分もなかなかすごい場所に立っているのだと日々、痛感しています。

まあ、そんな場所で、これからも強者（つわもの）たちとしのぎを削る戦いが出来るように、魅力のあるキャラクターや面白いストーリーなどを研究し、向き合っていけたらなと。

あと、少しだけ本作に触れますと、今回はいかにキャラクターそのものの魅力をどれだけ最大限に引き出せるのかを延々と思案して、重きを置いてきたつもりです。

どう描けばダブル冬花が魅力的に受け止めて貰えるだろう？　白馬はどうすれば主人公としての魅力を引き出せるだろう？　そんなことばかり考えながら、パソコンとにらめっこしていました（笑）。それが作品に反映できているのかは、エゴサで少しだけ巡回して、自身で目で触れようかなと。

なので、少しでも何かしらの感想を読者様たちから頂ければ幸いです。


それでは最後に謝辞を。

ＭＦ文庫Ｊの編集担当のＭさん並びに、この「姫城さん」にご尽力して頂いた大勢の関係者様に、心から御礼申し上げます。

イラスト担当のミュシャ先生も、ご協力、本当にありがとうございました。

これかも何卒よろしくお願いします。

それでは、また会えることを楽しみにしておきます。

最後までお読みいただきありがとうございました！

MF文庫J

未来から来た花嫁の姫城さんが、また愛の告白をしてとおねだりしてきます。2

2023年 3月 25日　初版発行

著者　ニャンコの穴

発行者　山下直久

発行　株式会社 KADOKAWA
〒102-8177 東京都千代田区富士見 2-13-3
0570-002-301（ナビダイヤル）

印刷　株式会社広済堂ネクスト

製本　株式会社広済堂ネクスト

Printed in Japan　ISBN 978-4-04-682327-4 C0193

●お問い合わせ
https://www.kadokawa.co.jp/（「お問い合わせ」へお進みください）
※内容によっては、お答えできない場合があります。
※サポートは日本国内のみとさせていただきます。
※Japanese text only

◇◇◇

【 ファンレター、作品のご感想をお待ちしています 】
〒102-0071 東京都千代田区富士見2-13-12
株式会社KADOKAWA　MF文庫J編集部気付「ニャンコの穴先生」係　「ミュシャ先生」係